Die schönsten Anekdoten zum Ruhestand

Die schönsten Anekdoten zum Ruhestand

Herausgegeben von Peter Köhler

Reclam

RECLAMS UNIVERSAL-BIBLIOTHEK Nr. 14717
2025 Philipp Reclam jun. Verlag GmbH,
Siemensstraße 32, 71254 Ditzingen
info@reclam.de
Covergestaltung: Philipp Reclam jun. Verlag GmbH
Coverabbildung: © Shutterstock.com / Mj_arch
Druck und Bindung: Elanders Waiblingen GmbH,
Anton-Schmidt-Straße 15, 71332 Waiblingen
Printed in Germany 2025
RECLAM, UNIVERSAL-BIBLIOTHEK und
RECLAMS UNIVERSAL-BIBLIOTHEK sind eingetragene Marken
der Philipp Reclam jun. GmbH & Co. KG, Stuttgart
ISBN 978-3-15-014717-7
reclam.de

Inhalt

Vorwort

»Eben, wenn man alt ist, muss man zeigen, dass man noch Lust zu leben hat«, sagte Goethe, der es immerhin auf 82 Jahre brachte und damit ein Alter erreichte, das seinerzeit wenigen vergönnt war. Und wie ließen sich, »wenn man alt ist«, Lebenslust, geistige Frische und seelische Gesundheit besser und schöner beweisen als durch Humor!

Zwar ist nicht zu bestreiten, dass das Alter – und bekanntlich werden die Menschen heute, 200 Jahre nach Goethe, noch viel älter, selbst 90-Jährige sind, rüstig und munter, keine so sehr seltene Spezies mehr! – in aller Regel Einschränkungen mit sich bringt, für die gern das sprichwörtliche Zipperlein bemüht wird. Aber auch oder gerade dann die Dinge von der heiteren Seite zu nehmen, ja vielleicht sogar über ihnen zu stehen, ist eine Fähigkeit, die man richtig erst mit den Jahren erlernt, eine Haltung, die auf Erfahrung gründet und in Klugheit wurzelt.

Junge Leute neigen zur Satire, Ironie und Selbstironie hingegen sind ihnen oft noch fremd. Doch beide sind probate Mittel (ob heilsame Arznei oder nützliche Palliativmedizin, bleibe seniorengerecht dahingestellt), um in reifen Jahren nach vielerlei Erlebnissen, Erfolgen und naturgemäß auch Enttäuschungen die Freude am Leben zu bewahren und vielleicht noch zu steigern, neugierig zu bleiben, vielleicht auch Versäumtes nachzuholen oder noch einmal den eigenen Horizont zu erweitern: »Ich werde alt und lerne stets noch vieles dazu«, soll der griechische Staatsmann Solon, der Begründer der athenischen Demokratie, vor zweieinhalbtausend Jahren gesagt haben.

Kurz und gut: Mit Stillstand muss das Alter heute nicht mehr assoziiert werden, und Ruhestand ist nicht notwendig ein Zustand der Ruhe – es darf auch laut und lustig zugehen und soll gelacht werden. Wozu hoffentlich viele der hier versammelten Anekdoten anregen!

Ob sie jedes Mal stimmen, ist dabei weniger wichtig: War es auch nicht wirklich so, wie die Anekdote berichtet, so bleibt sie doch in einem höheren Sinn wahr. Und sind es nicht die Alten, die in aller Ruhe eine tiefere Wahrheit hinter den Dingen und im menschlichen Leben erkennen können? Oder, genauso gut, einfach weitermachen können wie 60, 70, 80 und mehr Jahre zuvor!

Es ist wieder wie am Anfang meiner Karriere

Im vorgerückten Alter wurde Johann Wolfgang Goethe von vielen Fremden aufgesucht. Je nach Lust und Laune wurden sie abgewiesen oder vorgelassen. Ein durchreisender Student hatte Glück und wurde von Goethes Diener Stadelmann ins Vorzimmer geführt. Nach einiger Zeit öffnete sich die Tür und Goethe trat herein. Der Student sprang auf, doch Goethe würdigte ihn keines Blickes, ergriff einen Stuhl und setzte sich. Der Student stutzte; doch rasch gefasst, nahm er eine Kerze vom Tisch, zündete sie an und schritt, den Olympier von allen Seiten betrachtend, um Goethe herum. Dann legte er einen Groschen auf den Tisch und ging.

Der Friseur, von dem sich Goethe die Haare schneiden ließ, richtete eines Tages seinen Laden ganz neu und luxuriös ein. Als der Dichterfürst sich nach der Quelle des Reichtums erkundigte, stotterte der Barbier verlegen herum, rückte dann aber mit der Wahrheit heraus, indem er auf ein Schild im Hintergrund des Ladens wies: »Echte Goethe-Reliquien. Jede Locke ein Taler.«

»Es kommen«, erklärte der Figaro, »ständig Verehrer Eurer Exzellenz. Sogar mit der Post langen täglich Bestellungen an!« Wie er diese rege Nachfrage befriedigen könne, da er nur alle paar Wochen zum Haareschneiden komme, fragte Goethe. Da gestand der Coiffeur:

»Glücklicherweise gibt es noch mehr Köpfe mit weißen Haaren – und wenn es keine Locken sind, helfe ich eben mit der Brennschere nach!«

Im Herbst 1826 drang ein Engländer in Goethes Haus am Frauenplan ein und erklärte, erst zu weichen, wenn er den Dichter gesehen habe. Goethe beschloss, ein Exempel zu statuieren, stellte sich schweigend vor den Fremden und sagte nach einer Weile: »Haben Sie mich nun gesehen? Dann können Sie mich jetzt von der anderen Seite betrachten.« Damit drehte er dem Eindringling den Rücken zu.

Aber der Engländer erklärte: »Sie irren, wenn Sie meinen, ich sei gekommen, um den großen Dichter zu bewundern. Sie haben über Deutschland hinaus einen Ruf als tüchtiger Zecher! Ich bin gekommen, um Ihnen einen Wettkampf anzubieten.«

»Das ist ein Wort!«, parierte Goethe und lud den Fremden für den Abend ein, zu dem auch Goethes engste Freunde geladen waren. Wein wurde in Mengen aufgefahren, doch im gleichen Maß, wie die Stimmung stieg, wurde der Engländer stiller und bleicher, bis er endlich wie leblos vom Stuhl sank.

Da reckte sich Goethe zu voller Größe auf und rief den Freunden zu: »So, nachdem wir es diesem guten Mann besorgt haben, können wir in Ruhe weitertrinken!«

In seinen späten Jahren war Goethes Geburtstag im kleinen Weimar immer ein gesellschaftliches Ereignis und Anlass für die örtlichen Laiendichter, ein Glückwunschgedicht zu verfassen. Einmal aber trug ein Verfasser zu dick auf und verglich Goethe schlichtweg mit dem lieben Gott und dessen Schöpferkraft. Mit gravitätischer Ironie meinte da der Dichter: »Die anderen werfen mir ja nur einzelne Bonbons an den Kopf – der hier aber nimmt gleich die ganze Zuckertüte!«

Hartnäckig versuchte eine Dame, beim alten Goethe vorgelassen zu werden. Mehrfach wurde sie abgewiesen, doch sie ließ sich nicht abschütteln, lief dem Bedienten nach und stand plötzlich im Garten vor Goethe. Sogleich warf sie sich ihm zu Füßen, ergriff seine Hand und bedeckte sie mit Küssen. »Mein großer Dichter!«, rief die in den Staub gesunkene Verehrerin, »wie glücklich bin ich, dass meine Augen Euch erblicken! Ich komme mir vor wie die Glocke, von der es in Eurem schönen Liede heißt: ›Fest gemauert in der Erden / Steht die Form, aus Lehm gebrannt!‹« Da musste denn auch Goethe schmunzeln und erzählte diese Anekdote selbst immer wieder gerne.

Zu Goethes 80. Geburtstag feierte der Weimarer Metzger Auerbach den Dichter, indem er über seinem Laden ein Transparent anbrachte mit dem Vers:

Herr Goethe ist in seinem Fach
Was Metzgermeister Auerbach.

Eine Zeit lang war der junge Arthur Schopenhauer bei Goethe Tischgast. Nachdem er sich wieder mit Feuereifer über seine jüngste philosophische Idee ausgelassen hatte, legte er eine kurze Pause ein, um dem Gastgeber die Chance zu geben, diese zu kommentieren. Goethe blieb eine halbe Minute lang still, dann sagte er: »Lassen Sie Ihren Nachtisch nicht stehen, junger Mann.«

1827 wurde Goethe von dem Schriftsteller Wit von Dörring besucht, dessen Geschwätzigkeit und Prahlerei ihm schnell unerträglich wurden. Goethe erhob sich, schob seinen Stuhl unter den Tisch und sagte: »Sie rühmen sich in Ihrem Buche, dass Sie das Talent hätten, jeden bei der ersten Zusammenkunft für sich einzunehmen. Damit mir das nun nicht widerfährt, leben Sie wohl!« Damit entfernte sich Goethe in ein anderes Zimmer.

Am 27. August 1818 befahl Goethe seinem Diener, zwei Flaschen Malvasier nebst Gläsern in den Salon zu bringen. Er ließ die Gläser füllen, ging missmutig auf und ab – und leerte Glas um Glas. Sein Arzt traf ihn in dieser Stimmung und fragte, was ihm solchen Verdruss bereite.

»Alles!«, knurrte Goethe. Seine Freunde hätten ihn vergessen, ganz Deutschland hätte ihn vergessen, ja, sogar sein eigenes Haus hätte ihn vergessen! Immerhin habe er heute Geburtstag, aber niemand wolle mit ihm anstoßen! Deshalb tue er es alleine.

»Überall werden doch Vorbereitungen zu Eurem Geburtstag getroffen!«, erklärte der Arzt. »Ihr habt Euch im Kalender geirrt. Wir schreiben erst morgen den 28. August!«

»Oha!«, rief Goethe, »da habe ich mich umsonst besoffen!«

Als Naturforscher sammelte Goethe Mineralien. Johann Georg Barth, Goethes letzter Kutscher, hielt deshalb, wenn er unter den Steinen am Rand der Landstraße etwas Auffälliges bemerkte, gewöhnlich an, wendete sich um und rief: »Herr Geheeme Rat, ich globe, da is was für uns!«

Als 1806 preußische Truppen in Weimar lagen und Goethes Haus von Einquartierungen nicht verschont blieb, ereignete es sich, dass ein alter Major im Weinhaus, wo er sich mit seinen Kameraden über das jeweilige Logis unterhielt, hinwarf: »Ich bin bei einem gewissen Gothe oder Köthe oder weiß der Teufel, wie der Kerl heißt, einquartiert.« Die anderen versuchten ihm klarzumachen, das sei der berühmte Dichter Goethe. Worauf der alte Haudegen erwiderte: »Kann sein, ja, ja, doch, das kann wohl sein; ich hab dem Kerl auf den Zahn gefühlt, und er scheint mir wirklich Mucken im Kopf zu haben.«

Einem alten, wunderlichen Mann war zur Antwort gegeben: Er hätte seinen eignen Kopf. Ja / sagte der Alte / wenn ich den nicht hätte / ihr würdet mir Euern nicht leihen.

Der kurtzweilige Hanſß-Wurst

Wie viele alte Leute war auch John D. Rockefeller geizig – nur trieb er es auf die Spitze. Nahm er in einem Hotel Quartier, konnten die Zimmermädchen und Liftboys ewig auf ein Trinkgeld warten. In San Francisco fasste sich ein Stubenmädchen ein Herz und sagte: »Mister Rockefeller, ich habe heute Nacht von Ihnen geträumt!«

»Was denn, mein Kind?«

»Dass Sie mir zehn Dollar schenken.«

»Zehn Dollar?«, versetzte der Milliardär. »Bisschen viel. Aber egal – behalten Sie's!«

Rockefeller erfuhr, dass seine Familie ihm zum 100. Geburtstag ein Elektromobil für 6000 Dollar schenken wollte, mit dem er auf seinem ausgreifenden Landsitz spazieren fahren könne. »Mir wäre lieber«, wehrte er ab, »wenn ihr mir das Geld bar geben würdet.«

Arno Schmidt kam erst in seinen letzten Jahren zu Geld, als der Mäzen Jan Philipp Reemtsma ihn großzügig unterstützte – aber selbst dann noch lebte er äußerst sparsam in seinem Bargfelder Häuschen. Einmal gab er der Kellnerin, die ihn im örtlichen Gasthaus Bangemann bedient hatte, ganze zehn Pfennig Trinkgeld.

»So wenig?«, fragte sie. »Das ist ja, als wollten Sie mich beleidigen.«

»Wie viel haben Sie denn erwartet?«, fragte Schmidt.

»Na, mindestens noch einmal zehn Pfennig!«, sagte die Kellnerin ein wenig sarkastisch.

»Wo denken Sie hin?«, knurrte Schmidt. »Ich will Sie doch nicht zweimal beleidigen!«

Gegen zehn Uhr abends wurde Arno Schmidt meist schläfrig. Als er einmal schon um halb zehn müde wurde und vernehmlich gähnte, neckte ihn seine Frau Alice: »Arno, dein Gesicht geht vor!«

Friedrich Gottlieb Klopstock, der Dichter des nahezu zwanzigtausend Verse umfassenden *Messias*, bezog eine Leibrente vom dänischen Hof und war in Kopenhagen wieder zur königlichen Tafel eingeladen. Ein alter Offizier beugte sich zu ihm: »Herr Klopstock, *Sie* sind der Dichter des *Messias*?« Klopstock bejahte, woraufhin der alte Soldat sagte: »Ich hatte Sie mir ganz anders vorgestellt. Sie machen doch einen ganz vernünftigen Eindruck – sonderbar!«

Der Pianist Wilhelm Backhaus hatte in sehr jungen Jahren als Klaviervirtuose für Aufsehen gesorgt und gab noch im Alter von 80 Jahren Konzerte. Als er die Kritiken las, meinte er: »Es ist wieder wie am Anfang meiner Karriere. Auch damals schrieben die Zeitungen: ›Ganz erstaunlich für sein Alter.‹«

Der US-amerikanische Showmaster George Burns wurde mit 80 Jahren als Partner Walter Matthaus in dem Film *The Sunshine Boys* mit dem Oscar für die beste männliche Nebenrolle ausgezeichnet. »Ruhestand mit 65 ist lächerlich«, kommentierte er seinen Erfolg und scherzte: »Als ich 65 war, hatte ich noch Pickel!«

Gewisse Probleme räumte er aber ein: »Die Leute glauben, dass ich bei meinen Shows einfach aufstehe und ein paar Witze erzähle. Witze erzählen ist einfach. Das Aufstehen ist das Problem!«

Zu einem ähnlichen Ergebnis kam der hochbetagte Philosoph Hans-Georg Gadamer. »Das Einschlafen ist vielleicht die genialste Erfindung der Natur oder Gottes«, sagte er einmal im munteren Kollegenkreis, »dieses Wegdämmern, so dass man nie sagen kann: Jetzt schlafe ich.« Aber er räumte ein: »Schwieriger ist das Erwachen – vor allem das Aufstehen!«

Der Schauspieler Heinz Rühmann nahm es mit Humor: »Allmählich komme ich in das Alter«, sagte er anlässlich seines 80. Geburtstages, »in dem die Kerzen teurer sind als die Torte.«

Ein junger Karikaturist traf mit dem legendären *Simplicissimus*-Zeichner Olaf Gulbransson zusammen und versuchte, seiner Hochachtung für den bereits in seinen 80ern Stehenden Ausdruck zu geben. Er wolle ihn so gerne loben, sagte er, aber er wage es nicht, da er fürchte, dafür nicht die nötige Zartheit des Gemüts und Klarheit des Geistes zu besitzen. »Das macht nichts«, beruhigte ihn Gulbransson ganz gemütlich, »lob nur immer zu!«

Eine Anekdote aus dem Arbeitsalltag

Ein kleiner alter Mann trat schüchtern zu seinem Chef. »Kann ich morgen frei haben? Es ist meine Silberne Hochzeit.«

»Du lieber Himmel«, knurrte der Chef, »muss ich das jetzt alle 25 Jahre ertragen?«

Als der österreichische Theatermime Joseph Schildkraut am Broadway spielte, wurde ihm eines Abends mitgeteilt, der große russische Neuerer der Schauspielkunst, Konstantin Stanislawski, befinde sich unter den Zuschauern. Schildkraut geriet in nicht geringe Aufregung: Ob Stanislawski nach der Vorstellung zu ihm kommen werde? Was er sagen werde?

Tatsächlich kam Stanislawski nach der Vorstellung hinter die Bühne. Mit ausgebreiteten Armen schritt er auf Schildkraut zu, drückte ihn an sich und rief: »Mein lieber, lieber Schildkraut! Was war Ihr Vater für ein großer Schauspieler!«

Die Schauspieler Emil Devrient und Ludwig Dessoir saßen in der Berliner Weinhandlung von Lutter & Wegener und pichelten. Devrient wurde schließlich übel, und er musste die Stube verlassen. Als er zurückkehrte, empfing ihn Dessoir mit den Worten von Goethes *Faust*:

> Von Zeit zu Zeit seh' ich den Alten gern,
> Doch hüt' ich mich, mit ihm zu brechen.

Jeden Abend ging der erblindete Schriftsteller Eduard Graf von Keyserling, gestützt auf den Arm seines Dieners, spazieren. Einmal kam ihm sein Freund Korfiz Holm mit seiner Frau entgegen. Keyserling verabscheute Mitleid und versuchte sein Gebrechen zu verhüllen, weshalb ihm sein Diener genauestens zuflüsterte, wem er gleich begegnen werde. Daraufhin zog der Graf zehn Schritte vor ihnen zur Begrüßung den Hut und rief: »Ja, liebe gnädige Frau, Sie blühen wie der Tag! Ach, und das schöne blaue Kleid!«

Als die Tochter der Opernsängerin und Salonnière Sophie Arnould nach dem Alter ihrer Mutter gefragt wurde, antwortete sie ungehalten: »Ich weiß es nicht. Sie wird jedes Jahr jünger. Und wenn das so weitergeht, bin ich bald *ihre* Mutter.«

Wenn der betagte Schauspieler Bernhard Baumeister gefragt wurde, wie alt sein Kollege Adolf von Sonnenthal sei, pflegte er zu antworten: »Wir kamen gleichzeitig und gleichaltrig ans Burgtheater, aber bei unserem 25-jährigen Jubiläum war mein Freund Sonnenthal bereits wesentlich jünger als ich, und seither habe ich ihn altersmäßig überhaupt aus den Augen verloren!«

Als 83-Jähriger unterschrieb der weltberühmte Dirigent Arturo Toscanini einen Zehnjahresvertrag mit dem NBC Symphony Orchestra. Als er danach zum ersten Mal wieder ans Pult trat, ließ er seinen Blick wehmütig über die Musiker schweifen und sagte: »Es stimmt mich traurig, wenn ich daran denke, dass manche von Ihnen nicht mehr da sein werden, wenn dieser Vertrag ausgelaufen ist.«

Zu seinem 85. Geburtstag erhielt Toscanini Glückwünsche aus aller Welt. Er ließ tausend Autogrammkarten drucken: »Von allen Glückwünschen, die ich zu meinem Geburtstag erhielt, hat mich Ihrer am meisten erfreut. Toscanini«.

In der Brüsseler Einkaufspassage Saint Hubert gab es in den 1960er-Jahren einen Kaufmann, schon 95 Jahre alt, der ein fanatischer Schachspieler war. Eines Tages spielte er im Hinterstübchen wieder einmal mit einem guten Bekannten. Plötzlich ging die Klingel der Ladentür. Der Alte zeigte keine Reaktion. »Warum gehst du nicht hinaus?«, fragte der Freund. »Pst! Rühr dich nicht!«, sagte der Kaufmann. »Vielleicht geht er wieder.«

In einem polnischen Schtetl im 18. Jahrhundert: Jeden Morgen, wenn der alte Hersch Ostropoler aus seinem Haus trat, warfen die Straßenjungen mit Steinen nach ihm. Eines Tages rief er sie zu sich herüber und sagte: »Jungs, es ist schwere Arbeit, Steine zu werfen. Ich sag euch was! Von jetzt an zahl ich jedem von euch einen Zloty.« Ein paar Wochen lang zahlte der alte Ostropoler jedem den versprochenen Zloty, bis er sie eines Tages wieder zu sich rief und sagte: »Schlechte Neuigkeiten, Jungs! Die Geschäfte gehen miserabel. Ich kann euch nicht mehr bezahlen.« Da hörten die Jungen mit dem Steinewerfen auf.

Gegen Ende seines Lebens vertraute Johannes Brahms einem Freund an: »Kürzlich habe ich etwas begonnen, aber nichts wollte mir gelingen. Da meinte ich, nun sei ich wohl zu alt, und beschloss, nichts mehr zu komponieren. Ich sagte mir, du hast genug gearbeitet, jetzt darf ich mein Alter ohne Sorgen und in Frieden genießen. Und das machte mich so glücklich, so froh, dass das Komponieren mit einem Mal wieder wunderbar ging.«

Papa di passaggio«, Übergangspapst, nannte man anfangs Johannes XXIII., weil er bei Amtsantritt mit seinen 77 Jahren selbst für die Verhältnisse im Vatikan schon recht betagt war. Bald aber hieß er wegen seiner vielen Ausfahrten, Besuche und Reisen »Papa di passeggio«, der spazieren fahrende Papst. Einen wiederum anderen Namen fanden für ihn die englischen und amerikanischen Korrespondenten in Anlehnung an eine bekannte Whiskymarke: Sie tauften ihn »Johnny Walker«.

Noch im hohen Alter beaufsichtigte Johann Gottfried Schadow die Studenten im Aktsaal der Berliner Akademie. Einer der Schüler mühte sich eben, den Umriss einer menschlichen Figur auf dem Papier festzuhalten, aber die Linien waren unsicher gezogen und die Proportionen falsch. Schadow hieß ihn aufstehen, nahm seinerseits Platz und sagte lakonisch: »Nu pass uff. Ich mach det so.« Er nahm den Kreidestift, tupfte Punkte mit fester Hand auf das Zeichenpapier, und während er diese Punkte mit sicher gezogenen Linien miteinander verband, brummte er vor sich hin: »Det hab ick von meinem Vater. Der war'n Schneider.«

Zu seinem 70. Geburtstag brachte ein Orchester dem Jubilar Richard Strauss mit dem *Rosenkavalierwalzer* ein Ständchen. Strauss sprach den Musikern seine Anerkennung aus, worauf der Dirigent stolz erwiderte: »Vielen Dank, Herr Doktor. Schreiben kann das halt jeder; aber spielen – das ist eine Sauarbeit!«

Zu George Bernard Shaws 90. Geburtstag brachte eine Schweizer Zeitung einen Artikel, in dem auf seine irische Herkunft verwiesen wurde. Er trug den Titel: »Bernard Shaw – der große Irre«. Shaw kabelte an die Redaktion: »Bin ganz Ihrer Meinung. Aber mussten Sie mir das ausgerechnet zu meinem 90. Geburtstag sagen?«

Einer fragt [den sächsischen Hofnarren] Clausen / wie alt bistu? er sagt: ich mein ich sey so alt / als meine naasen ist. Ist meine naasen älter / dann ich / so wird sie gewiß auch kluger seyn / wie ich wol sonsten nicht viel kluger naasen gesehen hab.

Teutscher Nation Apophthegmata, 1683

Als der Burgtheaterschauspieler Georg Reimers sein 40-jähriges Bühnenjubiläum feierte, wurden an den Festtafeln immer wieder neue Reden und Toaste ausgebracht, sodass man kaum zum Essen kam. Endlich schien alles vorüber, aber da klopfte noch einmal jemand an sein Glas. Alles schaute auf und erwartete eine weitere Lobrede auf Georg Reimers. Aber der Betreffende sagte nur: »Hier fehlen noch Kartoffeln.«

Von zehn Uhr vormittags bis vier Uhr nachmittags wartete die Schauspielerin Adele Sandrock im Filmatelier auf ihre Szene. Schließlich wurde es ihr zu bunt. Sie ging zu dem Regisseur und sagte mit ihrem dröhnenden Organ: »Junger Mann, ich soll in Ihrem Film die Rolle einer Großmutter spielen. Wenn ich noch lange warten muss, werde ich zu alt dafür sein!«

Der 60. Geburtstag des Malers Adolph Menzel wurde mit einem feierlichen Abendessen in einem Hotel begangen. Die Spitzen der Behörden und Vertreter aller Kunstvereine waren zugegen; der Kaiser hatte seinen Adjutanten geschickt und angeordnet, dass die »kleine Exzellenz« – Menzel war nur 1,40 m groß – die Hin- und Rückfahrt in einer Hofkutsche machen solle. Doch Menzel erschien nicht. Eine Abordnung machte sich auf den Weg, um den Jubilar zu holen. Zu ihrer Verblüffung trafen sie ihn im Regen vor seinem Haus an: Er war damit befasst, die Hofkutsche mit ihren Rappen zu zeichnen. Den Vorwurf, er lasse viele Freunde warten, schob er beiseite. »Du lieber Himmel«, meinte er, »Menschen, die ein Essen herunterschlingen und lange Reden halten, kann ich so oft genießen, wie ich will. Aber ein Paar so wundervoller Pferde in der köstlichen Beleuchtung auf dem nassen, funkelnden Pflaster – wann sehe ich das wieder?«

Den ersten Tag nach ihrem Rückzug aus dem operativen Geschäft wollte die Sexshop-Gründerin Beate Uhse angemessen feiern. Sie rief einen Hausangestellten herbei und sagte: »Besorgen Sie mir eine Flasche mindestens 25 Jahre alten schottischen Malt Whisky, ein Gramm Kokain und drei Callboys: einen Blonden, einen Schwarzen und einen Araber mit gezücktem Säbel auf einem weißen Hengst!«

Drei Stunden später kehrte der Bote zurück. »Frau Uhse, den Whisky und das Kokain habe ich bekommen. Ich habe einen blonden Callboy gefunden, auch einen schwarzen, aber es war mir nicht möglich, einen Araber mit gezücktem Säbel auf einem weißen Hengst zu finden.«

»Verstehe«, sagte Uhse. »Wenn das so ist, mache ich die Bestellung rückgängig. Besorgen Sie mir ein Pflaumentörtchen und einen Kaffee.«

Eine Scherzfrage

Wie viele alte Leute braucht man, um eine Glühbirne zu wechseln?

Alte Leute wechseln keine Glühbirnen aus, weil sie wissen, dass sie nie wieder eine finden, die so gut wie die frühere ist.

Wie jedes Jahr hatte der schwergewichtige Leverkusener Fußballfunktionär Rainer Calmund auch 2009 einen guten Vorsatz für das neue Jahr gefasst, doch bereits nach einer Woche hatte er genug von seiner Diät: »Ich denke nicht daran, Hungers zu sterben, nur um ein paar Jahre länger zu leben!«

Der junge Charles Jeanneret le Corbusier legte dem Kirchengemeinderat einer kleinen Ortschaft in der Westschweiz seinen Plan für den Umbau der dortigen Kirche vor. Der Umbau war dringend erforderlich.

»Wir sind dagegen«, erklärten die Alten lakonisch.

»Aus welchen Gründen sind Sie denn dagegen?«, fragte der angehende Stararchitekt erstaunt.

»Wir sind dagegen, auch ohne Gründe«, lautete die durchschlagende Antwort.

Wenn der alte Herr von Thedla seine Besucher satthatte, rief er neckisch drohend: »Du böse, böse Uhr! Vertreibst mir meine liebsten Gäste!«

Roda Roda

Eine Anekdote aus dem Arbeitsalltag

Der Firmeninhaber kündigte dem Vorarbeiter Erfreuliches an: »Nach nun 50 Jahren Betriebszugehörigkeit erhalten Sie von mir als Dank eine goldene Uhr, in die Ihr Name eingraviert ist. Wie heißen Sie?«

Der Kirchenhistoriker Adolf von Harnack weilte zu Besuch in seiner baltischen Heimat. Er kam zu seiner alten Tante in Dorpat und erfuhr von ihr, dass sie sich mit einigen gleichaltrigen Damen zu einem Bibel-Lesekränzchen zusammengetan hatte, wo sie gerade den Propheten Hesekiel lasen. Etwas überrascht fragte Harnack: »Aber versteht ihr das denn auch?«

»Nun ja«, antwortete die alte Dame, »was wir nicht verstehen, das erklären wir uns eben.«

Charles de Gaulle hielt eine Veteranenparade ab und schritt routinemäßig die Front der alten Soldaten ab. Plötzlich blieb er vor einem uralten Unteroffizier stehen. »Sie kenne ich doch!«, sagte der Staatspräsident. Der Unteroffizier blickte ihn verständnislos an. »Erinnern Sie sich nicht?«, drängte de Gaulle. »1916. Verdun. Ununterbrochenes deutsches Trommelfeuer. Sie und ein Offizier haben sich am Heiligen Abend freiwillig gemeldet, einen brennenden Christbaum unter mörderischem Feuer in die vordersten Linien zu bringen!« Da erhellte sich das Gesicht des alten Veteranen, und er rief: »De Gaulle!«

Zum 80. Geburtstag des Philosophen Karl Popper fand in der London School of Economics, an der er gelehrt hatte, ein Empfang zu seinen Ehren statt. Nachdem Ralf Dahrendorf als Direktor die Laudatio gehalten hatte, erhob sich Popper, um selbst ein paar Worte zu sprechen. Allerdings waren es entgegen den Erwartungen der Gäste tatsächlich nur ein paar Worte, dazu noch gestammelt, und nach wenigen Minuten setzte sich Popper wieder. Hinterher fragte ihn Dahrendorf, was los gewesen sei. Popper sagte: »Ich war der festen Überzeugung, mein Manuskript zu Hause liegen gelassen zu haben, aber sehen Sie nur, was ich soeben in meiner Jacke gefunden habe« – und er zeigte Dahrendorf seinen ausgearbeiteten Text.

Victor Hugo hatte einige Kollegen zum Frühstück eingeladen. Die Unterhaltung gestaltete sich aber einigermaßen schwierig, denn Hugo war gleichgültig gegen alles, was sich nicht auf ihn bezog, und litt zudem an zunehmender Taubheit. Allmählich und ganz von selbst kehrten sich die Eingeladenen zum anderen Ende des Tisches, zu den jungen Leuten. Es ertönte Gelächter, anfangs gedämpft, später lauter. Plötzlich, mitten in eine lustige Anekdote hinein, die irgendeiner erzählte, hörte man eine tiefe Stimme, eine tiefgekränkte Stimme, die Stimme des großen alten Mannes: »Man hat mir kein Biskuit gegeben ...«

Aus Anlass seines 70. Geburtstages wurde für den französischen Maler Camille Corot ein Bankett veranstaltet. Alle Redner erschöpften sich in Lobsprüchen, aber die meisten seiner Malerfreunde schienen nicht entzückt zu sein. Corot seufzte.

»Was haben Sie denn?«, fragte man ihn. »Ach, nichts«, erwiderte er. »Aber ich spüre, dass meine Zeit bald um ist.« Ein Freund ist aufrichtig besorgt, geht nach Tisch zu ihm und fragt, ob er ernstlich krank sei. »Nicht die Spur«, erwidert Corot, »aber meine Kollegen waren so traurig, als sie hören mussten, wie man mich lobt, dass ich sie etwas trösten wollte.«

(Diese Wanderanekdote wird auch über andere Künstler und Schriftsteller erzählt.)

Eine Anekdote aus dem Altersheim

Herr Zacke feiert seinen 100. Geburtstag. Auch der Bürgermeister ist ins Altersheim gekommen und fragt den Jubilar, was er sich für das neue Lebensjahr wünsche. »Erst mal zwei neue Kniegelenke!«, legt Herr Zacke los. »Danach gehört das rechte Auge ausgewechselt. Dann bin ich wieder fit und werde mir eine Frau suchen. Vielleicht auf einer Kreuzfahrt durch die Karibik! Nur gibt meine Pension nicht genug her, ich war ja mein Leben lang Schlafwagenschaffner.« »Aber da haben Sie doch die Auswahl gehabt?!«, wirft der Bürgermeister ein. »Ja, schon«, räumt Herr Zacke ein. »Aber damals habe ich Verpflichtungen gemieden wie die Pest. Heute bin ich reifer und bereit, mich längerfristig zu binden!«, schmunzelt der Hundertjährige: »Aber«, seufzte der Schalk, »hier im Heim leben ja bloß alte Schachteln!«

Nach Susann Winkler

Der 95-jährige Philosoph Bertrand Russell gab folgende Gründe für sein langes Leben an: »Ich esse und trinke, was ich will und wann ich es will, gehe zu Bett, wenn ich müde bin, und tue absolut nichts allein der Gesundheit wegen.«

Ihr könnt lange suchen«, sagte die Mistinguett, deren Beine mehr als ein halbes Jahrhundert der Ruhm der Pariser Revuen waren, »bevor ihr eine Frau findet, die im selben Jahr geboren ist wie ich und die Fünfzig noch immer nicht erreicht hat!«

Der Gitarrist der Rolling Stones, Keith Richards, war lange Zeit heroinabhängig und stieg dann für alle sichtbar auf die legale Droge Alkohol um. Sogar noch mit 80 Jahren hatte er bei Interviews stets eine Flasche Whisky neben sich und lallte wie nicht von dieser Welt – um hinterher die Bandmitglieder mit einem Grinsen zu fragen: »Na, wie war ich?« In der Flasche war stilles Wasser.

Der Schauspieler Dieter Zöllter war in jungen Jahren spindeldürr. Bei Gelegenheit einer Spendensammlung, als in der Pause das Ensemble um Geld für ein Altenheim für darstellende Künstler bat, ging auch Zöllter mit einem Klingelbeutel durch die Reihen und gelangte zu einem alten Ehepaar. Während der Mann einen Obolus in den Sammelbeutel fallen ließ, wickelte seine Frau eine dicke Stulle aus der Pergamenthülle und überreichte sie Zöllter mit den Worten: »So, junger Mann, nun essen Sie erst mal diese Schnitte. Ich habe extra Schmalz und Harzer Käse draufgeschmiert, das macht satt!« Zöllter biss dann auch zur Zufriedenheit der alten Dame und zur Belustigung der Umsitzenden kräftig in den Käse.

Der bayerische Prinzregent Luitpold frönte der Jagdleidenschaft bis ins hohe Alter. Als er wieder einmal nach Oberstdorf kam, der Hochwildjagd wegen, war das ein Fest für das Dorf. Die Fahnen wurden herausgehängt, und am Bahnhof stand zur Begrüßung der Bürgermeister mit dem Gemeinderat, umringt von einer weiblichen Singschar im Dirndl. Als die Böller geknallt und die Mädchen gesungen hatten, fragte Luitpold den Bürgermeister leutselig, wie es ihm gehe. »Wie soll's scho gehn«, kam die biedere Antwort, »ma wird jed's Jahr älter und dümmer.« Er bezog das auf sich selbst, aber der Prinzregent fand es doch notwendig zu erklären: »I merk nix!« Eine solche Differenzierung mochte nun wieder der Bürgermeister nicht gelten lassen, der es kraft seines Amtes gewohnt war, recht zu behalten: »Wir selber merken's nicht, Königliche Hoheit. Aber die andern!«

Ernst Jünger hatte keine hohe Meinung vom Schaffen der meisten Zeitgenossen. »Wer seinen Gegenstand nicht beherrscht, der macht von Komparativen und Superlativen reichlich Gebrauch«, begründete der noch im Alter produktive Autor sein Urteil und fuhr fort: »Ich nicht! Das ist der Grund, weshalb ich besser als die Masse der heutigen Schreiberlinge bin – ja, der beste überhaupt!«

Jeder Mensch hat seine guten Seiten«, erwiderte Ernst Jünger ungerührt, als man ihn zum wiederholten Mal einer militaristischen Gesinnung bezichtigte und seine zweifelhafte Rolle im »Dritten Reich« kritisierte: »Man muss nur einfach die schlechten Seiten umblättern.«

Kroklokwafzi? Sememememi? Bifzi, bafzi, hulalemi?? Quasti basti bo???« Erschüttert und zugleich erbost warf der auf die 100 zugehende Philosoph Hans-Georg Gadamer den alten Band mit Christian Morgensterns *Galgenliedern* in die Ecke und lieferte als Professor für Logik und Ontologie eine passende Begründung für seine Ablehnung: »Nur Sprache, die verstanden werden kann, ist Sein!«

Die französischen Zeitungen rissen sich derart um die Fortsetzungsromane von Alexandre Dumas dem Älteren, dass er seinen Freund Auguste Maquet bitten musste, für ihn einzuspringen und unter Dumas' Namen zu schreiben. So erschien Tag für Tag in einer Zeitung der Roman *La belle Gabrielle* – doch da starb Maquet plötzlich.

Dumas sah sich gezwungen, den Roman selbst zu vollenden, fuhr in die Redaktion und ließ sich die bisher erschienenen Fortsetzungen geben. Maquet hatte aber die Handlung derart verwickelt angelegt, dass Dumas bald erkannte, er werde den Roman niemals weiterschreiben können. So verfiel Dumas auf den Ausweg, sich ins Bett zu legen und der Redaktion mitzuteilen, er liege im Sterben und könne die nächste Fortsetzung nicht liefern.

Wie erstaunt war er, als ihm die Redaktion mitteilte, die fehlende Fortsetzung sei bereits eingetroffen! Und auch in den nächsten Wochen kam jeden Tag eine Fortsetzung, bis der Roman sein Ende gefunden hatte.

Es stellte sich heraus, dass Maquet einen anderen Schriftsteller zum halben Honorar, das ihm Dumas zahlte, mit der Abfassung des Romans beauftragt hatte – und dieser Autor war nicht gestorben.

Der berühmte Okkultist und Alchimist Alessandro Cagliostro stand 1793 in Venedig vor Gericht. »Ihr Lebenselixier, mit dem man 200 Jahre alt werden soll, ist doch Schwindel!«, hielt ihm der Richter vor und fragte: »Sie stehen sicher nicht zum ersten Mal vor Gericht?!«

»Nein, schon zweimal«, gab Cagliostro zu. »Einmal 1612 und einmal 1784.«

In Schottland gibt es Leute, welche sehr alt werden. Ein Reisender begegnete einmal einem betagten Sechziger, welcher schluchzte. Auf die Frage, was ihm fehle, sagte dieser: »Der Vater habe ihm eine Ohrfeige gegeben.« Das kam dem Fremden fast unglaublich vor, dass ein Mann von solchen Jahren noch einen Vater am Leben haben, und noch unter seiner Zucht stehen soll. Als er ihn aber nach der Ursache der Ohrfeige fragte, so sagte der Sechziger: »Drum habe er den Großvater schier fallen lassen, als er ihm habe sollen ins Bett helfen.« Als das der Fremde hörte, ließ er sich von dem Mann ins Haus führen, ob es auch so sei, wie er sagte. Ja, es war so. Der Bube war 62 Jahr alt, der Vater 96, und der Großvater 130. Und der Fremde sagte nachher, als er es wieder erzählte, es werde einem ganz kurios zumute, wenn man so 288 Jahre unter drei Hüten beieinander sehe.

Johann Peter Hebel

Ich wollte hier gerne noch länger singen«, pflegte Johannes Heesters auf seinen letzten Auftritten zu sagen, als er bereits 108 Jahre alt war. Schmunzelnd fügte er jedes Mal hinzu: »Aber Sie sind sicher müde und müssen schlafen gehen!«

Das einzige Mittel, um lange zu leben

Der französische Arzt Philippe Ricord sah einen Mann von mindestens 90 Jahren in seine Sprechstunde kommen. »Zunächst, Monsieur«, empfing ihn Ricord, »meine herzlichsten Glückwünsche!«

Gegen Ende ihrer Regentschaft plagten die österreichische Kaiserin Maria Theresia allerlei Beschwerden. So sagte sie eines Morgens zu ihrem Leibarzt: »Unser Magen tut weh, Unsere Leber ist geschwollen, Unsere Füße wollen nicht so recht, auch Unser Kopfweh hört nicht mehr auf – und wenn ich von mir reden darf: Ich fühle mich auch nicht wohl!«

Der Schriftsteller Martin Walser traf auf der Straße seinen Hausarzt und klagte über eine lange Reihe von Leiden: Kopfschmerzen, Rheuma, Magenbeschwerden, der Rücken, die Beine, das Gehör und so weiter. »Aber Sie sehen doch recht gut aus!«, erwiderte der Arzt. Darauf Walser: »Im Gesicht fehlt mir auch nichts!«

Ein Arzt wurde von einer Whistpartie zu einem Kranken gerufen. Er fühlte den Puls und zählte aufmerksam: »Eins, zwei, drei, vier, fünf, sechs, sieben, acht, neun, zehn, Bub, Dame, König« – verblüfft hielt er inne.

Fuchsmundus der Jüngere, 1847

Paul Hörbiger und der in Wien gastierende Theo Lingen begegneten auf einem Spaziergang Hans Moser. Die drei Schauspieler beteuerten einander, wie frisch und gesund sie aussähen. Kaum war Moser außer Hörweite, spottete Hörbiger: »Der macht's nicht mehr lange.«

Am nächsten Tag sah Lingen Hans Moser, der sofort sagte: »Du, gestern, der Hörbiger – wie der ausschaut! Ein Schlaganfall, nicht wahr?«

Vor der Abreise zu einem Ärztekongress sagte der Chirurg Carl Thiersch zum Oberarzt: »Der Mann auf Zimmer drei hat eine interessante Leber. Wenn er während meiner Abwesenheit stirbt, sorgen Sie dafür, dass sie präpariert wird.«

Nach der Rückkehr von der Tagung wurde Thiersch von seinem Oberarzt mit den Worten empfangen: »Der Patient auf Zimmer drei lebt noch, ja, er ist sogar geheilt und konnte entlassen werden.« Thiersch unwirsch: »Aha, den habt ihr wieder nach eurer Methode kurieren müssen!«

Bereits hoch in seinen 80ern, bekam Bundeskanzler Konrad Adenauer eine schwere Erkältung. Sein Hausarzt erklärte ihm: »Ich kann kein Wunder tun und Sie jünger machen.« Adenauer: »Das ist auch nicht nötig. Hauptsache, Sie machen mich älter!«

Ludwig XIV. war sehr um seine Gesundheit besorgt. Einmal fragte er Molière, wie er mit seinem Doktor umgehe. »Eure Majestät«, erwiderte der Dichter, »wenn ich krank bin, rufe ich den Arzt, er untersucht mich, wir plaudern, er verschreibt mir eine Medizin, ich nehme sie nicht, und dann bin ich gesund.«

Franz Joseph II. hatte bis ins hohe Alter eine vortreffliche Gesundheit. Als er einmal doch erkrankte, wurde ein Arzt gerufen. Man meldete der Majestät: »Der Herr Doktor ist gekommen.«

»Der Doktor?!«, erwiderte der Kaiser. »Sag ihm, dass ich krank bin und niemanden empfangen kann.«

1918 infizierte sich der Frontsoldat Werner Bergengruen mit der Spanischen Grippe. Er war in seinem Frontabschnitt der Erste; man kannte sich noch nicht aus, die Diagnose erwies sich als schwierig. Im Lazarett war von Lungenentzündung, Rippenfellentzündung und anderen Krankheiten die Rede, ohne dass Bergengruens Erkrankung sich in eines dieser Schemata fügen wollte. Schließlich machte der Divisionsarzt dem Rätselraten ein Ende und sagte: »Schreiben Sie ins Journal: Morbus Bergengrueni.«

Ich fühle mich wie ein überfahrener Hund«, klagte eine deprimierte Freundin. Statt Mitgefühl erhielt sie vom Philosophen Ludwig Wittgenstein einen logischen Verweis: »Du weißt doch überhaupt nicht, wie sich ein überfahrener Hund fühlt!«

Ein Chinese hatte ein so hohes Alter erreicht, dass sein Sohn schon 60 Jahre zählte. Er war kindisch geworden; der Sohn sah dies, und um ihm ein Lächeln abzugewinnen und sein hohes Alter vergessen zu machen, stellte er sich vor ihn wie ein Kind, machte sich Kleider von allerhand Farben, weinte und lachte wie die Kinder, fiel mit Willen und rollte sich auf der Erde herum u. dergl.

Anekdotenalmanach, 1817

Der tschechoslowakische Präsident Ludvík Svoboda beschwerte sich während der Aufzeichnung seiner Neujahrsrede im Fernsehen: »Man sagt, ich sei senil und könne nicht mehr länger Präsident sein. Es geht mir aber, Gott sei Dank, sehr gut.« Er klopfte auf den Tisch und rief: »Herein!«

Eine Scherzfrage

Kennst du den Witz über Demenz?
Nee, hab ich vergessen.

Der österreichische Erzherzog Albrecht stand schon hoch in den Jahren, als er nach Linz zum alten Korpskommandanten Zeno von Welfersheimb fuhr. Klapprig, wie er war, sah er den Manövern vom Wagen aus zu. Es gefiel ihm nicht sehr; verhehlte das auch nicht dem Korpskommandanten und knurrte: »Mein lieber Welfersheimb, wir werden alt!«

»Und blöd, kaiserliche Hoheit«, nickte der alte General.

Hofgesellschaft und Galatafel zu Ehren des Bildhauers Christian Friedrich Tieck. Plötzlich erhebt sich Serenissimus [seinerzeit Uzname des Großherzogs Carl Alexander von Sachsen-Weimar-Eisenach], schlägt an sein Glas und bringt einen Toast aus: »Vivat Oranien!« Die Hofgesellschaft stößt pflichtschuldigst mit den Sektkelchen an, ohne dass jemand weiß, was Serenissimus gemeint haben könnte.

Tatsächlich hatte sich in der königlichen Seele folgender Vorgang abgespielt: Hoheit hatte in Gedanken den Bildhauer Tieck mit dem Dichter Tieck – den Dichter Tieck mit dem Dichter Tiedge – und dessen berühmtes Poem *Urania* mit Oranien verwechselt.

Alexander Moszkowski

Der Deutsche Zahnärzteverband wollte seine Jahrestagung abhalten und wurde bei Bundespräsident Theodor Heuss mit der Bitte um eine Rede vorstellig. Heuss bedauerte, zum vorgesehenen Zeitpunkt bereits eine dringlichere Verpflichtung zu haben. Daraufhin schrieb der enttäuschte Verbandsvorsitzende, man sei bereit, den Kongress anders zu terminieren, und wiederholte das Ansinnen. Hinzugefügt wurde, mit dem Kongress sei eine hochinteressante Ausstellung von Zahnarztmaterial verbunden. Heuss schrieb zurück, dass er wirklich nicht kommen könne, aber bereit sei, seine Prothese zur Verfügung zu stellen.

Dem Gelehrten Kuno Fischer widerfuhr bei einer Einladung das Unglück, dass eine Serviererin ausglitt und ihm eine Schüssel mit Soße über die Glatze schüttete. Die ganze Tafel erstarrte vor Schreck, doch da ertönte die freundliche Stimme Fischers: »Glauben Sie wirklich, dass das noch hilft?«

Dem glatzköpfigen Filmschauspieler Yul Brunner wurden mancherlei Anekdoten angehängt. So habe er sich beispielsweise einmal beim Friseur beschwert: »Ich habe kaum noch Haare und soll den vollen Preis zahlen?!« Worauf der Figaro erwiderte: »Sie bezahlen nicht für das Schneiden, Sie bezahlen für das Suchen.«

Die Familie wollte ins Theater gehen. Im letzten Augenblick ward es bemerkt: »Opa, du hast dein Gebiss vergessen!« »Wozu brauche ich 's Gebiss?«, brummte Opa. »Ist Hamlet was zum Lachen?«

Nach Roda Roda

Wilhelm Raabe lag noch im Bett, als sein vierjähriger Enkel an ihn herantrat und sagte: »Großvater, du bist doch eigentlich ein ganz alter Mann.« Und als er sich umdrehte, kommentierte der Junge noch: »Haare hat er auch nicht mehr.«

Der österreichische Chirurg Adolf Lorenz hatte ein schlechtes Personengedächtnis. Zwischen ihm, seinem Sohn und Assistenten Albert und einem Ehepaar, dessen Töchterchen Lorenz operiert hatte, spielte sich einmal folgende Unterhaltung ab:

»Natürlich erinnere ich mich an Sie, gnädige Frau«, begann Professor Lorenz die Konversation, »es ist hoffentlich schon besser mit der Hüfte, nicht wahr?«

»Nein, Papa«, unterbrach ihn der Sohn, »der Patient ist ja –«

»Natürlich, verzeihen Sie«, sagte Lorenz und wandte sich an den Gatten: »Die Wirbelsäule macht Ihnen keine Beschwerden mehr?«

Abermalige Unterbrechung durch den Sohn: »Nein, Papa, es handelt sich um das Kind der Herrschaften.«

»Na, freilich«, meinte Lorenz, »wo ist denn der Bub?«

»Nein, Herr Hofrat«, erwiderte die Mutter, »es ist ein Mädel ...«

»Natürlich«, sagte Lorenz, »ich habe es ja an Hüftverrenkung operiert.«

»Nein, Papa«, versuchte wieder der Sohn zu helfen, »nicht an Hüftverrenkung, sondern –«

»Genau«, sagte Lorenz, »es waren die O-Beine, die wir operiert haben.«

»Herr Hofrat«, erklärte die Mutter, »es war wegen der Verkrümmung des kleinen Fingers!«

»Ah, richtig, natürlich! Also dann auf Wiedersehen«, verabschiedete sich Lorenz freundlich.

Fürst Neschmettin machte dem fast ertaubten Staatskanzler Graf Rumjanzew seine Aufwartung. »Ich bemerke mit besonderem Vergnügen«, sagte der Fürst nach den ersten Worten, »dass sich Ihr Gehör gebessert hat.«

»Wie?«, fragte der Kanzler.

»Ich bemerke mit besonderem Vergnügen, dass sich Ihr Gehör gebessert hat!«, wiederholte der Fürst.

»Was sagen Sie?«, hakte der Kanzler nach. Der Fürst schrie: »Exzellenz hören anscheinend besser!!« Der Kanzler schüttelte den Kopf und wies auf eine Schiefertafel. Der Fürst schrieb: »Ich bemerke mit besonderem Vergnügen, dass Sie viel besser hören, Exzellenz.« Der Staatskanzler las die Nachricht und nickte.

Als sich die Gedächtnislücken während seiner Vorstellungen bedenklich mehrten, konsultierte der österreichische Schauspieler Raoul Aslan einen Arzt, der nicht mehr tun konnte, als ihm Pillen zu verschreiben. Als Aslan sie einige Tage lang genommen hatte, suchte er den Arzt abermals auf, um sich zu bedanken: »Ich hänge mehr denn je«, verkündete er, »aber ich tue es jetzt freudig und ohne jedes Schuldgefühl!«

In einer Gesellschaft wurde Sigmund Freud von der Gastgeberin gefragt, woran man eigentlich erkennen könne, dass jemand geistesschwach sei. »Das ist einfach«, gab Freud bereitwillig Auskunft. »Ich stelle dem Betreffenden eine Frage, die man mühelos beantworten kann. Kann er es nicht, ist das bereits ein deutlicher Anhaltspunkt.«

»Interessant«, meinte die Gastgeberin, »und was fragen Sie so?«

»Na, zum Beispiel: Der englische Seefahrer James Cook unternahm drei große Entdeckungsreisen. Auf einer davon wurde er ermordet. Auf welcher war das?« Die Dame lächelte verlegen. »Muss es denn unbedingt eine historische Frage sein?«

Der Münchner Psychiater Emil Kraepelin unterhielt sich mit dem Literaturhistoriker Franz Muncker über die Frage, ob der alte Goethe eigentlich noch normal gewesen sei. Muncker vertrat die Auffassung, dass Goethe, streng genommen, eigentlich nie normal gewesen sei; dieser Ausdruck passe einfach nicht zu einem Genie. Dadurch ermutigt, erklärte Kraepelin: »Im zweiten Teil des *Faust* erkennt man bereits Spuren beginnender Gehirnerweichung.« Als der Literaturhistoriker entrüstet widersprach, klopfte ihm der Psychiater auf die Schulter und sagte: »Mein lieber Freund, das kann ich besser beurteilen. Solche Leute kommen täglich zu mir in die Sprechstunde.«

Im fortgeschrittenen Alter konnte Bundespräsident Heinrich Lübke nicht mal mehr die kürzeste Ansprache halten, selbst wenn er sich hundert Stichworte notiert hatte. 1965 sollte er eine Rede zur Sammelwoche des Müttergenesungswerks halten. »Jeder von uns«, begann Lübke zögernd, »hatte eine Mutter …« Dann verlor er den Faden.

Eine Anekdote aus dem Altersheim

Frau Poschmann und Frau Gluche, beide hochbetagt, spazieren den Stationsflur entlang. Vor einer Tür bleiben sie stehen, und Frau Poschmann sagt: »Schau, das ist mein Zimmer. Da sind auch mein Papa und meine Mama drin!«

Frau Gluche zieht die Augenbrauen hoch: »Deine Eltern leben doch schon lange nicht mehr. Überleg doch mal, du bist 97! Wie alt müssten die jetzt sein?« Frau Poschmann überlegt kurz und stellt ungerührt fest: »Ja, das kann man sich ausrechnen.« Und nach einer Weile: »Die sind beide jetzt über 120!« Sie gelangen in den Speisesaal und bleiben vor dem großen Terrassenfenster stehen. Fasziniert betrachten sie die winterliche Schneelandschaft.

»Schau mal, so viel Mehl«, staunt Frau Poschmann.

»Oh ja, da wird es ganz viel Kuchen geben«, freut sich Frau Gluche.

Nach Susann Winkler

Gottlob Frege war Professor für Philosophie und Mathematik gewesen und publizierte noch als Emeritus grundlegende Aufsätze über Logik. Einmal konnte er seine Brille nirgends finden. Auf dem Tisch lag sie nicht, auf der Kommode lag sie nicht, zwischen den Seiten seines Manuskripts lag sie nicht … Also begann er, mit sich selbst zu argumentieren:

»Angenommen, jemand hat sie gestohlen. Dann könnte es einer gewesen sein, der eine Brille braucht, oder einer, der sie nicht braucht. Jemand, der eine Brille braucht, hat aber eine eigene und braucht meine nicht. Also hat sie jemand gestohlen, der sie nicht braucht. Wozu hat er aber dann meine Brille nötig? Also hat er sie gestohlen, um sie jemandem zu verkaufen. Wem könnte er die Brille verkaufen? Jemandem, der sie nicht braucht? Nein. Einem, der eine Brille braucht, weil er sich einbildet, dass er seine verloren hat? Ja ... Wie aber könnte ein solcher Irrtum entstehen? Nun, es kann zum Beispiel einer die Brille auf die Stirn geschoben und sie dort vergessen haben ... Aber wenn das einem anderen passieren kann – kann es dann nicht auch mir passieren? Richtig!« Und mit triumphierendem Lächeln griff sich Frege an die Stirn und fand dort seine Brille wieder.

Schneller geht es in dieser Variante: »Wo ist meine Brille? Auf dem Tisch liegt sie nicht, auf der Anrichte liegt sie nicht, auf dem Buch liegt sie nicht ... Woher weiß ich eigentlich, dass sie dort nicht ist? Weil ich es sehe. Wieso sehe ich es, obwohl ich ohne Brille doch nichts sehen kann? Also muss ich sie auf der Nase haben – richtig, da ist sie!«

Die Zerstreutheit und Vergesslichkeit der Professoren muss häufiger für Witze herhalten. [...] Einer [...] müsste hier Platz finden. Eines Tages saß der berühmte Professor Lichtenberg in seiner Wohnung an seinem Arbeitstisch und arbeitete. Aber immer wieder unterbrach er seine Arbeit und sah ärgerlich auf die große Uhr, die an der Wand hing und deren Pendel ein störendes Geräusch verursachte. Plötzlich stand Lichtenberg auf und rief seine Dienstmagd. Als diese erschien, sagte er zu ihr: »Anna, helfen Sie mir mal, die Uhr von der Wand zu nehmen.« Unter großem Kraftaufwand wurde die Uhr abgenommen und vorsichtig ins Nebenzimmer getragen. »So, Anna«, sagte der Professor, »nun holen Sie einen Hammer und einen großen Nagel.« Die Magd wurde neugierig und fragte: »Verzeihen Sie, Herr Professor, warum wollen Sie die Uhr denn jetzt in diesem Zimmer aufhängen? Sie hat doch jahrelang in ihrem Arbeitszimmer gehangen!« »Ja, ja«, meinte der Gelehrte, »die ganzen Jahre hindurch hat sie mich nicht gestört, aber heute habe ich eine große wissenschaftliche Arbeit zu erledigen, und da stört mich fortwährend ihr lautes Pendelgeräusch.« »Aber, Herr Professor«, sagte die Magd, »es wäre doch viel einfacher gewesen, Sie hätten die Pendel angehalten.« Nachdenklich erwiderte der Professor: »Herrgott, Anna, das stimmt ja, Sie haben ganz recht. Auf diesen scharfsinnigen Gedanken wäre ich allein nie gekommen, haben Sie schönen Dank dafür.« Unter großem Kraftaufwand wurde die Uhr in des Professors Arbeitszimmer transportiert und wieder an die Wand gehängt.

Tecklenburgs Heimatkalender, 1941

Der Münchner Arzt Georg Hirth empfahl seinen Patienten, wenn sie im Alter über Vergesslichkeit klagten, sich mit einer pfiffigen Selbstanklage zu entschuldigen: »Drei Dinge kann ich mir nicht mehr merken: keine Namen, keine Zahlen – und das Dritte habe ich jetzt auch vergessen!«

Gustav VI. Adolf von Schweden ging trotz seines hohen Alters und seiner schlechten Augen jedes Jahr auf die Elchjagd. Er nahm wohlweislich nur eine Flinte mit feinem Schrot, damit er keinen größeren Schaden anrichten konnte. Bei einer dieser Jagden hatte sich ein Adjutant zum Spaß ein Schild auf den Rücken gebunden, auf dem in großen schwarzen Buchstaben stand: ICH BIN KEIN ELCH.

Während der Jagd hörte man einen Schuss des Königs und gleich darauf einen unterdrückten Fluch des Adjutanten, dem der missglückte königliche Schuss einige schmerzende Wunden beigebracht hatte. Mit kläglicher Stimme fragte er den König: »Majestät, haben Sie denn das Schild auf meinem Rücken nicht gesehen?«

Der König besah sich die Aufschrift genau und entschuldigte sich: »Ich muss Sie um Verzeihung bitten. Ich dachte, es heißt: ICH BIN EIN ELCH.«

Ein bayerischer Bierbrauer kam gichtleidend zu Professor Nepomuk Nussbaum nach München, den er seit Langem kannte. »Na, mein Lieber, wo fehlt's denn?«

»Herr Geheimrat, ich hab's in den Beinen.«

»So, so! Na, schaun S', wenn Sie's oben im Knie haben, nacha is es die Gicht; wenn Sie's aber unten in den Zehen haben, nacha is es das Zipperlein.«

»Ich hab's in den Knien.«

»So, dann zeigen Sie's mal her! Richtig, das ist die Gicht.«

»Nun, und was hilft dagegen, Herr Geheimrat?«

»Ja, schaun S', da denken S' jetzt mal drüber nach, wenn Sie a richtiges Mittel wissen, nacha sagen S' mir's – dann sin ma alle zwoa in einem Jahr Millionär.«

»Nun, und sonst?«

»So trinken S' halt möglichst weni und halten S' das Bein warm und gestreckt.«

»Danke schön, Herr Geheimrat, was bin ich schuldig?«

»Das kost' nix, aber es nutzt auch nix.«

Ein Arzt fand einen seiner Bekannten nach der Mahlzeit in einem Sessel schlafend und verwies es ihm, weil es sehr schädlich sei, sogleich nach dem Essen zu schlafen. »Das mag wohl sein«, antwortete jener, »aber ich habe einmal den Fehler, dass ich bei Tage nicht müßig gehen kann, mir ist nichts mehr zuwider als der Müßiggang.«

Ein Sack voll Witz, 1789

Der Schauspieler, Schriftsteller und Bergsteiger Luis Trenker legte auch in höherem Alter viel Wert auf Leibesertüchtigung und wanderte viel. Ein Kollege spöttelte über seine gesunde Lebensweise und meinte: »Wenn ihn einmal der Schlag trifft, will er fit umfallen!«

Lange wurde gerätselt, wie es Winston Churchill trotz Übergewicht, exzessivem Alkoholgenuss und ungebrochenem Zigarrenkonsum auf 91 Jahre bringen konnte. Erst 1997 enthüllte Kurt Singer in seinem Buch *Tales of the Unknown*, dass Churchill mit zunehmendem Alter geblufft hatte. Er hatte in der Jackentasche stets eine halb gerauchte Zigarre, die er sich beim Auftauchen der Fotografen augenblicklich zwischen die Lippen klemmte. Auch auf den geliebten Whisky verzichtete er zunehmend. Doch es war seine Überzeugung, dass sein berühmtes Victory-Zeichen – Zeige- und Mittelfinger zum V gespreizt –, die dicken Zigarren und seine Trinkfestigkeit unverbrüchlich zu seinem Image als britische Bulldogge, die die Nation rettet, gehörten.

Ein Arzt wollte dem französischen Philosophen Voltaire den Kaffeegenuss ausreden, weil Kaffee ein langsam tötendes Gift sei. »Langsam muss dieses Gift wohl sein«, konstatierte Voltaire, »weil ich es schon seit 70 Jahren genieße.«

Ein Medicus zu Speir hat seinem Patienten einem Procuratori den Wein verbotten / als er aber einmal kam / und sahe / daß der Krancke eine Weinsupp asse / und zu ihm sagte: Ihr fresset Wein / ihr sauffet Wein / ihr müsset sterben: Antwortet ihm der Patient: Ihr fresset keinen Wein / ihr sauffet keinen Wein / und müsset auch sterben.

Der Teutschen Scharpfsinnige kluge Sprüch, 1626

Der Bayer Ernst Schweninger wurde 1882 Leibarzt des Reichskanzlers Bismarck und blieb es bis zu dessen Lebensende. Bei seiner ersten Konsultation erkundigte er sich ausführlich nach dem Allgemeinbefinden und den charakteristischen Beschwerden seines Patienten. Bismarck konnte es nicht leiden, ausgefragt zu werden, und gab knurrige Antworten. Nicht weniger kurz angebunden sagte der Arzt: »Ich stehe zu Ihren Diensten, Durchlaucht; wünschen Sie jedoch, behandelt zu werden, ohne dass man Fragen an Sie stellt, so vertrauen Sie sich besser einem Tierarzt an. Der ist diese Methode gewöhnt.«

Den 95-jährigen Alexander von Humboldt fragte eine junge Dame, ob er sehr unter den Beschwerden des Alters leide und ob Altern nicht überhaupt eine Last sei. »Ganz so schlimm ist es nicht«, erwiderte Humboldt gelassen. »Außerdem ist es das einzige Mittel, um lange zu leben.«

Die amerikanische Filmschauspielerin Mae West spielte 1978, obwohl schon 85 Jahre alt, in dem Film *Sextette* an der Seite von Tony Curtis. Die Dreharbeiten gestalteten sich schwierig: Obwohl nicht mehr gut zu Fuß, trug sie 15 Zentimeter hohe Keilabsätze, um ihre Größe von 1,47 Meter zu kaschieren. Wenn sie im Film eine Drehung machen musste, lag ein Requisiteur platt auf dem Boden, umklammerte ihre Beine und stemmte sie in die neue Richtung. Außerdem konnte sie sich den Text nicht mehr merken und musste ein Hörgerät tragen, durch das ihr souffliert wurde. Allerdings empfing das Gerät auf seiner Sendefrequenz auch andere Mitteilungen. Einmal übertrug es den Polizeifunk, und Tony Curtis bekam von Mae West die Antwort: »605 Fountain. Vorsicht, der Verdächtige ist bewaffnet.«

Heinrich Böll rauchte seit seiner Jugend Kette und machte sich mit beginnendem Alter Sorgen um seine Gesundheit. »Die werden mir noch die Beine abschneiden«, meinte er – und nach einer Pause: »Ach, meine Beine! Ich bin Schriftsteller und könnte ohne sie auskommen.« Und er musste es …

In späteren Jahren konnte es bei dem berühmten Berliner Arzt Ernst Ludwig Heim kleine Kurzschlüsse geben. Bei einer Prüfung fragte er einmal einen Kandidaten: »Was würden Sie tun, wenn man Ihnen einen Mann brächte, der starke Erfrierungen aufweist?«

»Ich würde die erfrorenen Glieder kräftig mit Schnee einreiben.«

»Schön, doch was würden Sie tun, wenn man Ihnen den Erfrorenen in den Tropen brächte?«

Als Alexander Fleming 1945 für seine Entdeckung des Penicillins den Nobelpreis erhielt, traf er verschnupft, mit tränenden Augen und häufig niesend in Stockholm ein. Der Vertreter des Nobelkomitees, der ihn am Flughafen abholte, wiegte bedenklich den Kopf: »Gegen Schnupfen hilft es also nicht.«

Ein Witz

Drei alte Damen machen gemeinsam Urlaub und haben eine schöne Villa gebucht. Die Erste will sich ein Bad im ersten Stock gönnen. Doch in dem Moment, in dem sie ihre

Füße ins Wasser taucht, fragt sie rufend nach unten: »War ich gerade dabei, ins Bad oder aus dem Bad zu gehen?«

Schreit die zweite Freundin: »Warte, ich komme hoch!« Mitten auf der Treppe ruft sie: »Wollte ich die Treppe rauf- oder runterlaufen?«

Klopft die Dritte auf den Tisch und sagt: »Ich hoffe, ich werde nie so vergesslich.« Und dann: »Moment, ich gehe schnell zur Tür, es hat geklopft.«

Der Direktor der Berliner Poliklinik Friedrich Theodor Frerichs konnte Patienten gegenüber ziemlich unterkühlt sein. Weinend fragte ihn ein nierenkranker Todeskandidat: »Ach Gott, Herr Professor, ich werde doch wieder gesund?«

»Selbstverständlich, ganz gesund«, sagte Frerichs – und zu seinem Assistenten gewandt: »Nicht wahr, Herr Kollege, Sie heben mir das Sektionsprotokoll auf?«

Ein Schauspieler las im *Hamburger Correspondenten*, dass der berühmte Sänger Cartiglieri zu Limburg an der Lahn gestorben sei. »Was es doch jetzt für Krankheiten gibt, hab ich doch noch nie gehört, dass die Leute an der Lahn sterben.«

Neuester theatralischer Nußknacker, 1813

Jesus war mit seinen Jüngern unterwegs und sah einen Sterbenden am Straßenrand liegen. »Rette ihn«, bat Petrus. Jesus schaute dem Sterbenden tief in die Augen, legte ihm die Hand auf und sagte: »Steh auf und geh!« Und der Sterbende stand auf und ging.

Nach drei Wochen waren Jesus und die Jünger wieder in der Gegend und erkundigten sich nach dem Kranken. Man zeigte Jesus den Leichnam. Jesus beugte sich über ihn, schüttelte den Kopf und sprach: »Dann war es also doch Krebs.«

Die Schauspielerin Adele Sandrock musste wegen eines komplizierten Bruchs des linken Beins lange im Krankenhaus liegen. Schließlich herrschte sie den Chirurgen Ferdinand Sauerbruch bei einer Visite an: »Lassen Sie mich endlich raus, Sie Unmensch!«

»Ich kann Sie doch nicht mit einem kurzen und einem langen Bein entlassen, Gnädigste«, erwiderte Sauerbruch. »Wie würde das aussehen!« Darauf die Sandrock: »Pedant!«

Der alte Großvater und der Enkel

Es war einmal ein steinalter Mann, dem waren die Augen trüb geworden, die Ohren taub, und die Knie zitterten ihm. Wenn er nun bei Tische saß und den Löffel kaum halten konnte, schüttete er Suppe auf das Tischtuch, und es floss ihm auch etwas wieder aus dem Mund. Sein Sohn und dessen Frau ekelten sich davor, und deswegen musste sich der alte Großvater endlich hinter den Ofen in die Ecke setzen, und sie gaben ihm sein Essen in ein irdenes Schüsselchen und noch dazu nicht einmal satt; da sah er betrübt nach dem Tisch und die Augen wurden ihm nass. Einmal auch konnten seine zittrigen Hände das Schüsselchen nicht fest halten, es fiel zur Erde und zerbrach. Die junge Frau schalt, er sagte aber nichts und seufzte nur. Da kaufte sie ihm ein hölzernes Schüsselchen für ein paar Heller, daraus musste er nun essen. Wie sie da so sitzen, so trägt der kleine Enkel von vier Jahren auf der Erde kleine Brettlein zusammen. »Was machst du da?«, fragte der Vater. »Ich mache ein Tröglein«, antwortete das Kind, »daraus sollen Vater und Mutter essen, wenn ich groß bin.« Da sahen sich Mann und Frau eine Weile an, fingen endlich an zu weinen, holten alsofort den alten Großvater an den Tisch und ließen ihn von nun an immer mitessen, sagten auch nichts, wenn er ein wenig verschüttete.

Brüder Grimm

Die Zerstreutheit des französischen Physikers und Mathematikers André Marie Ampère folgte einer eigenen Logik. Einmal kam ein Bettler an seine Tür und bat um ein Almosen. Ampère nickte, ging ins Zimmer zurück und nahm eine Münze aus seinem Geldbeutel. In Gedanken nahm er auch die Taschenuhr vom Tisch, weil er nachsehen wollte, ob es Zeit für die Universität sei. Auf dem Rückweg durch den Korridor dachte er über die zu haltende Vorlesung nach, gab dem Bettler die Uhr und steckte das Geldstück in die Westentasche.

Der Philosoph Paul Natorp hielt seine Vorlesungen nach exakt ausgearbeitetem Manuskript. Eines Tages merkte er auf dem Weg zur Universität, dass er seine Aufzeichnungen daheim vergessen hatte. Eilig begab er sich nach Hause.

Wie immer wechselte er beim Betreten der Diele seinen Rock und zog die Hausjacke an. Dann eilte er in sein Arbeitszimmer und steckte das Manuskript ein. Als er gerade das Haus verlassen wollte, erinnerte ihn seine Frau daran, dass er noch die Hausjacke trage. Erneut wurde der Rock gewechselt. Als Natorp endlich am Katheder angelangt war, stellte er fest, dass er die Papiere erneut zu Hause hatte liegen lassen. Sie steckten in der Hausjacke.

Als der Theologieprofessor August Neander den Ruf nach Berlin angenommen hatte, bat er einen Bekannten, ihm eine ruhige und universitätsnah gelegene Wohnung zu besorgen. Dieser tat, wie ihm geheißen, und als Neander in Berlin ankam, geleitete er ihn in sein neues Domizil. Ehe nun der Freund den Gelehrten von dort aus zur Universität brachte, führte er ihn etwa eine Dreiviertelstunde lang durch die Straßen, um ihm etwas von Berlin zu zeigen.

Nach Wochen traf der Freund den Professor wieder und fragte ihn, wie ihm Berlin gefalle. »Sehr schön!«, antwortete Neander, »nur die Wohnung liegt mir zu weit ab von der Universität.«

»Nicht möglich!«, rief der Freund erstaunt, »Ihre Wohnung liegt doch ganze fünf Minuten Fußweg von der Universität!«

»Oh nein«, belehrte ihn der Professor, »ich muss mindestens eine Dreiviertelstunde gehen.«

»Aber Herr Professor«, fragt der Freund, »welchen Weg benutzen Sie denn?!«

»Nun, jenen, den Sie mir neulich gezeigt haben«, war die Antwort.

In der Sprechstunde des Nervenarztes Alois Alzheimer erschien eine alte Frau und beklagte sich bitter, dass ihre Familie sie für unzurechnungsfähig erklären wolle. »Und das von meinen eigenen Kindern! Bloß weil ich so gerne einen Leberkäse mit Mostrich und Semmel esse!«

»Unglaublich!«, gab ihr Alzheimer recht, »einen Leberkäse mit Mostrich und Semmel – das ist doch köstlich!«

»Dann steh ich ja nicht alleine!«, rief die Alte. »Besuchen Sie mich mal, Herr Doktor! Ich habe zu Hause sechs Koffer voll mit Leberkäse mit Mostrich und Semmel – und den Keller auch!«

Ein Journalist schmeichelte Ernst Jünger, der in seinem einhundertdritten Lebensjahr stand: »Erstaunlich, Herr Jünger, was für ein gesundes Gesicht Sie haben, in Ihrem Alter!«

Schneidig parierte der alte Dichter und Weltkriegssoldat: »Gesund?! Bin froh, überhaupt noch ein Gesicht zu haben!«

Guy-Crescent Fago, der Leibarzt Ludwigs XIV., hatte im Gespräch mit einem eingebildeten Kranken feststellen müssen, dass der Patient ausgezeichnet schlief, bei gutem Appetit war, mit Genuss trank und sich überhaupt der allerbesten Gesundheit erfreute. »Lassen Sie mich nur machen«, sagte Fago bissig, indem er die Untersuchung beendete. »Das werden wir bald alles geändert haben!«

Philipp Friedrich Vogt war Pharmakologieprofessor in Gießen und ein Arzt, der gerade bei Hypochondern spöttisch sein konnte. So klagte eine Dame einmal: »O Gott, es ist schrecklich, ich kann den linken Arm nicht über den Kopf heben.« Ungemein kühl sagte Vogt: »So lassen Sie ihn unten.«

Ein Witz

Kommt ein Patient zum Arzt. »Herr Doktor, ich glaube, ich habe Hyperparathyroidismus!«

»Beruhigen Sie sich. Wenn Sie wirklich an Hyperparathyroidismus litten, hätten Sie überhaupt keine Symptome.«

Darauf der Patient: »Gerade deshalb bin ich besorgt, Herr Doktor! Genau das habe ich nämlich: überhaupt keine Symptome.«

Der bei Publikum und Presse beliebte Schauspieler Raoul Aslan litt in seinen letzten Jahren zunehmend an Gedächtnisstörungen. Immer häufiger musste er die Souffleuse beanspruchen. Bei der Uraufführung eines Stückes von Gerhart Hauptmann schwindelte er sich recht und schlecht durch die ersten Akte; doch als sein großer Monolog kam, fiel ihm kein einziges Wort mehr ein. Also deklamierte er eindrucksvoll Textstellen, die ihm aus anderen Hauptmann-Dramen in den Sinn kamen, auch Ibsen und Strindberg mussten herhalten.

Die Kritiken am nächsten Tag waren glänzend. Man sprach von einer beispiellosen darstellerischen Leistung. Andererseits herrschte übereinstimmend Empörung: »Was fällt dem Hauptmann eigentlich ein, diesen großen Schauspieler derart hirnverbranntes Zeug reden zu lassen?«

Der schwedische König Gustav VI. Adolf war in seinen letzten Jahren nicht mehr ganz richtig im Kopf. Wenn er wieder einmal vom Jagdeifer befallen wurde, nahm man vorsorglich den Verschluss heraus. Eines Tages ergriff der König das Gewehr, pirschte los – und lief einem Förster in die Arme. Der hatte einen Wilddieb vermutet, erkannte aber jetzt den Jägersmann und befahl barsch: »Das Gewehr!« Es wurde überreicht. Der Förster: »Da ist ja kein Schloss dran!?« Glücklich lächelnd erwiderte Gustav VI. Adolf: »Das wissen doch die Rehe nicht!«

Harald Juhnkes letztes Stündlein hatte geschlagen. Er lag, die Augen geschlossen, in den Kissen; Ärzte, Schwestern und Kollegen umringten das Bett. Jemand rief, man solle endlich einen Pastor rufen. Juhnke aber hatte »Prost« verstanden und wurde plötzlich ganz munter. Suchend tastete er übers Bett und fragte selig lächelnd: »Wo ist denn 's Gläschen?«

Und, sind Sie meine Frau geworden?

Die französische Schauspielerin Sarah Bernhardt hatte sich sehr gut gehalten und spielte 1920, mit Mitte 70, die Titelrolle in dem auf Louis Verneuils Theaterstück basierenden Stummfilm *Daniel* einen morphiumsüchtigen jungen Mann. Ihr Partner sollte der Schauspieler Tarride sein. Doch als sie erfuhr, dass er 50 Jahre alt sei, rief sie aus: »Unmöglich! Er würde ja aussehen wie mein Vater!«

Clint Eastwood drehte noch Filme, als er auf die 90 zuging. Einmal hatte er eine Auseinandersetzung mit einem jungen Schauspieler, der viel extemporierte und generell seinen Text arg in die Länge zog. »Junger Mann!«, gab Eastwood dem Nachwuchstalent zu bedenken, »ich bin ein alter Mann. Ich könnte während ihres Monologs sterben!«

Einen ganz anderen Rat gab die Schauspielerin Iris Berben einer etwas farblos agierenden jungen Kollegin: »Sprechen Sie alles so, als ob es um Unanständiges ginge!«

Gudrun Wagner führte für ihren 25 Jahre älteren Mann Wolfgang Wagner, den hochbetagten »Wagner-Enkel«, zuletzt die Geschäfte. Die Anrufe der Journalisten nahm sie entgegen, und wenn diese insistierten: »Danke, aber ich wollte mit Ihrem Mann sprechen!«, gab sie kurz und knapp Bescheid: »Ich bin mein Mann.«

Ein aufdringlicher Journalist interviewte Dumas den Älteren und erkundigte sich unter anderem nach dessen Abstammung. »Ist es wahr, Monsieur Dumas, dass Sie ein Quadrone sind?«

»Ja, mein Herr.«

»Dann war also Ihr Vater …?«

»Ein Mulatte.«

»Und Ihr Großvater?«

»Ein Schwarzer!«, erwiderte Dumas, der langsam die Geduld verlor.

»Und Ihr Urgroßvater?«

»Ein Affe!«, donnerte Dumas. »Mein Stammbaum beginnt da, wo Ihrer endet!«

Der berüchtigte Oberst Charters lag auf dem Sterbebette. Sein Nachbar kam, um ihn zu trösten, und sagte, wenn er noch einen Wunsch hätte, möchte er ihn nun äußern und der Erfüllung gewiss sein.

»Wenn das ist«, sagte Charters, »so bitte ich Euch nur, alle Sorgfalt auf die Erziehung Eurer drei jüngeren Kinder zu verwenden, indem sie von mir sind.«

Fuchsmundus der Jüngere, 1847

In ihren späteren Jahren kleidete sich die französische Schauspielerin Madeleine Brohan sehr bescheiden. Als jemand sich darüber wunderte, erklärte sie weise: »In meinen Jahren zieht man sich nicht mehr an; man deckt sich zu!«

In ihren letzten Lebensjahren hatte Madeleine Brohan eine Wohnung im fünften Stock bezogen. Eines Tages besuchte sie ein alter Freund und kam völlig atemlos oben an. »Warum wohnen Sie eigentlich so hoch?«, fragte er keuchend.

»Mein lieber Freund«, erwiderte sie, »nur auf diese Art kann ich die Herzen der Männer noch schneller höher schlagen lassen.«

Eine Dame besuchte nach Jahren wieder einmal die Universität Göttingen, an der sie einst studiert hatte. Sie traf ihren alten Professor Erich August Wurmbrandt, dessen Zerstreutheit sprichwörtlich war.

»Erinnern Sie sich gar nicht an mich?«, fragte sie ihn. »Sie haben mich damals gebeten, Ihre Gattin zu werden ...!«

»Ah, natürlich, natürlich!«, rief Wurmbrandt mit aufflackerndem Interesse, »ja, ja, ich erinnere mich! Und ... sind Sie es geworden ...?«

Ein Mann, welcher die Gewohnheit hatte, alles, was er tat, in ein Tagebuch zu schreiben, um es nicht zu vergessen, schrieb, als er Bräutigam war, gleichfalls hinein:

»Ja nicht zu vergessen, dass ich mich am Donnerstag mit der Jungfer Liebreich verheiraten soll.« Nachmals schrieb er einem seiner Freunde und schloss mit der Nachschrift: »Beinahe habe ich vergessen, dass meine Frau vor zwei Stunden gestorben ist.«

Johann Froelich, 1811

Obwohl der Sänger und Schauspieler Harry Belafonte bereits im vorgeschrittenen Alter war, hatte er nach wie vor viel Erfolg bei den Frauen. Seine Freunde fragten ihn, wie er das zustande bringe. »Ich erkläre ihnen in lauen Sommernächten, vorzugsweise in Parks, die Schönheit des Sternenhimmels und die Harmonie des Weltsystems«, erklärte Belafonte. »Im Winter sind allerdings Friedhöfe geeigneter. Sie steigern sogar den Effekt.«

Der auf die 100 zugehende Regisseur und Komödiant Mel Brooks wurde von einer Dame zu früher Stunde empfangen. »Ich bin Ihretwegen aufgestanden«, sagte sie nicht ohne Vorwurf. »Was habe ich davon«, witzelte Brooks, »wenn Sie sich eines anderen wegen niederlegen?«

Einem alten Amtmanne fiel ein, ein junges Mädchen zu heuraten: ihre öftere Besuche auf seiner Expeditionsstube aber fielen ihm am Ende beschwerlich. Er sagte also zu ihr, »mein Kind, du störest mich, ich habe zu tun; wenn ich Zeit übrig habe, so will ich pfeifen.« Sie wartete mit vieler Geduld lange, als aber der Mann nicht pfiff, so machte sie die Luke auf und rief: »Wenn du nicht bald pfeifst, so pfeift der Schreiber, er hat schon das Maul gespitzt.«

Carl Friedrich Bahrdt, 1839

Als der französische Schauspieler Maurice Chevalier bereits 73 Jahre alt war, besuchte er einmal einen Kollegen hinter der Bühne, wo sich die Revuegirls für ihren nächsten

Auftritt bereithielten. »Ach, wenn ich doch schon 20 Jahre älter wäre«, seufzte er mit einem Seitenblick auf die hübschen Tänzerinnen.

»Sie meinen, wenn Sie 20 Jahre jünger wären?«, wurde ihm entgegnet.

»Nein, nicht jünger«, seufzte Chevalier. »Wäre ich 20 Jahre älter, könnten mich die jungen Dinger nicht mehr so irritieren wie jetzt.«

Auch mit 80 konnte es der französische Schauspieler Alain Delon nicht lassen, mit jungen Frauen zu flirten. Eine der Schönen, die er mit seinen Komplimenten bedachte, fragte einmal keck zurück: »Und was, Monsieur, machen Sie, wenn ich ja sage?«

Eine alte Dame machte einem alten Herrn, einem vormaligen Jugendfreund, der sehr krank darniederlag, einen Besuch. Die Tochter desselben wollte sie nicht in das Schlafzimmer lassen, weil ihr Vater keine Frauen mehr sehen wolle. »Ach! mein Fräulein«, sagte die Dame: »In meinem Alter hört das Geschlecht auf.«

Der Garten des Momus, 1823

Ein Berliner Geheimrat, der sich beim Preußenkönig Friedrich II. über das sittenwidrige Treiben in einem Nachbarhaus beschwerte, bekam vom Monarchen den Bescheid: »In Eurem und meinem Alter kann man nichts mehr machen; wir wollen diejenigen machen lassen, die noch können.«

Zu dem 90-jährigen Medienmogul Rupert Murdoch sagte eine Dame: »Was für schöne Hände Sie haben!« Worauf er wehmütig erwiderte: »Ich habe sie nur schon sehr lange.« Was ihn allerdings nicht daran hinderte, mit 93 zum vierten Mal zu heiraten.

Mit 70 Jahren vergaß Benjamin Franklin einige der Grundsätze seiner Jugend und verliebte sich glühend in Mademoiselle de Passy, die Tochter des Grafen Boulainvilliers. Sie heiratete jedoch kurze Zeit später den Grafen de Tonnere. »Eigenartig«, sagte Franklin nachdenklich, »mit all meinen Blitzableitern konnte ich Tonnere nicht davon abhalten, bei Mademoiselle de Pessy einzuschlagen.«

Der US-amerikanische Schriftsteller und Nobelpreisträger William Faulkner wurde mit fortschreitendem Alter nicht eben höflicher. Besonders nervten ihn die amerikanischen Partys. Als bei so einer Gelegenheit eine Dame mit ihm ins Gespräch kam und stolz bemerkte, sie werde immer wieder mit ihrer Tochter verwechselt, antwortete Faulkner rau: »Das scheint mir ganz unmöglich, meine Gnädigste. Sie sehen viel zu jung aus, um Töchter haben zu können, die schon so alt aussehen!«

Die bereits in den 80ern stehende Filmschauspielerin Shirley MacLaine war zu Gast bei einer Taufe. Als der Täufling frisch gewickelt wurde, trat sie hinzu, schaute prüfend – »Ah, ein Knäblein ...« – und scherzte: » ... wenn mich meine Erinnerung nicht trügt.«

Im Laufe seines abenteuerlichen Lebens hatte Casanova wohl Hunderte Frauen geliebt, verführt und betrogen. Einmal fragte ihn der Fürst von Ligne, ob nicht die Liebe zu einer Partnerin allein wertvoller sei als die zu vielen. »Sagen Sie das nicht«, entgegnete Casanova, »die Menge tut's auch.«

Casanova verbrachte seinen Lebensabend als Gast des Grafen Waldstein auf Schloss Dux in Böhmen. Dreizehn Jahre lebte er dort und verfasste in dieser Zeit seine Memoiren. Als er dem Grafen wieder einmal Teile seiner Erlebnisse vorlas, fragte dieser, ob es nicht traurig sei, sich im Alter an die Sünden der Jugend erinnern zu müssen. »Das schon«, erwiderte Casanova, »aber wer schreibt, genießt die Sünde doppelt.«

Die Gräfin de Grolle, eine Zeitgenossin Casanovas, starb mit 87 Jahren. Dem Beichtvater sagte sie: »Ehrwürdiger Vater, ich bin jung und schön gewesen ... das andere können Sie sich denken.«

Der französische Fabeldichter Jean de la Fontaine wurde an seinem 70. gefragt, ob er jemals Lust gehabt hätte zu heiraten. Er antwortete: »Ja, manchmal morgens.«

Max Liebermann malte das Porträt einer älteren Dame, der Gattin eines bekannten Bankiers. Als die Dame einige kritische Bemerkungen über ihr Konterfei machte, unterbrach der Künstler sie mit der Drohung: »Noch ein Wort, und ich male sie so, wie Sie wirklich aussehen!«

Ein Bankier in Neapel hatte sich zum zweiten Male mit einem jungen Mädchen verheiratet. Bei seinem Tode vermachte er ihr sein ganzes Vermögen mit 100 000 Dukaten, unter der Bedingung, dass sie seinem ersten Sohne so viel davon geben sollte, als sie selbst wolle. Sie wies ihm daher nur 10 000 Dukaten an. Der Sohn nahm aber einen Advokaten, welcher bewies, dass der Sohn 90 000 Dukaten erhalten müsse, weil dies die Summe war, welche sie selbst wollte, und gewann auch den Prozess.

Fuchsmundus der Jüngere, 1847

Louise de la Vallière, eine der Mätressen Ludwigs XIV., besuchte eines Tages den alten Graf Barbançon, der einst ein schöner Mann gewesen war. Er gestand ihr, dass er sie bis zum Wahnsinn geliebt habe. »Warum haben Sie kein Wort gesagt?!«, rief sie. »Sie hätten mich ebenso gut haben können wie all die andern!«

Zeugin, Sie haben ein falsches Alter angegeben«, ermahnte der Richter Marlene Dietrich, die in einem Prozess, in dem es um einen Taschendieb ging, aussagen musste. »Kein falsches«, verwahrte sich die Dietrich: »nur ein früheres!«

Zwei Schauspielerinnen tratschten. »Letzte Woche hat Senta Berger ihren 70. Geburtstag gefeiert!« Kühl die andere: »Das wurde auch Zeit!«

Sacha Guitry und sein Schauspielerkollege Fernandel saßen beim Kaffee und unterhielten sich über eine Kollegin. Fernandel schwärmte von ihrer Jugendlichkeit. Guitry zeigte Verständnis: »30 Jahre sind ein schönes Alter für eine Frau, besonders, wenn sie 40 ist.«

Die Schauspielerin Elisabeth Flickenschildt wurde für ein Filmmagazin interviewt. Der Journalist erkühnte sich zu der Frage, wie alt sie sei.

»Vierzig!«, entgegnete die Diseuse.

»Aber das stand schon vor zehn Jahren in der Zeitung!«

»Ich stehe stets zu dem, was ich gesagt habe«, ließ die Flickenschild den Zeitungsfritzen souverän abblitzen.

In Persien lebt die älteste Frau der Welt. Sie hat ihr Alter mit 126 Jahren angegeben.«

»Donnerwetter, wie alt mag sie erst in Wirklichkeit sein!«

Eine gewisse Prinzessin d'Hancourt war am selben Tag geboren wie die Salonnière und Kurtisane Anne Ninon de Lenclos. Das war bekannt und führte mit der Zeit zu unangenehmen Komplikationen. Eines Tages nahm Ninon de

Lenclos die Prinzessin beiseite: »Einigen wir uns, Madame – wie alt wollen wir sein?«

Es war ein offenes Geheimnis, dass sich Lil Dagover, die große alte Dame des deutschen Nachkriegsfilms, in regelmäßigen Abständen liften ließ. Über ihr wahres Alter bewahrte sie vornehmes Stillschweigen. »Ich bin«, sagte sie, »zehn Jahre älter, als ich sein möchte, und zehn Jahre jünger, als meine besten Freundinnen behaupten.«

Eine innige Feindschaft verband Adele Sandrock mit der jüngeren und ebenso berühmten Schauspielerin Tilla Durieux. Einmal spielten die beiden Intimfeindinnen gemeinsam in einem Stück. Die Durieux, die sich aufgrund ihrer Rolle älter machen musste, als sie war, fragte die Sandrock: »Wie mache ich mich älter, Liebste?«

»Sie brauchen nur den Puder abzuwischen, Liebste«, erwiderte die Sandrock.

Goethes Sohn stellte einst bei Tische eine etwas absurde Behauptung auf, die er hartnäckig gegen die Einwürfe eines anwesenden Gastes verteidigte. Da wandte sich Goethe an diesen mit den Worten: »Hören Sie doch nicht auf das abgeschmackte Geschwätz dieses unwissenden Menschen.« – Goethes Sohn August war damals schon Kammerrat und Kammerherr in Weimar.

Fuchsmundus der Jüngere, 1847

Was gibt es Neues, Herr von Goethe?«, fragte die auf ihrer Deutschlandreise Station in Weimar machende Madame de Staël. »Haben Sie noch immer ein Liebesverhältnis mit Ihrer Haushälterin?«

»Nein.«

»Gott sei's gepriesen. Sie war, mit Verlaub, furchtbar gewöhnlich und gänzlich unter Ihrem Niveau.«

»Wir sind jetzt verheiratet«, gab Goethe kühl zurück.

Der Pianist Alfred Grünfeld heiratete ziemlich spät. Ein Freund fragte ihn: »Na, wie geht's in deiner Ehe?«

»Wenn ich die Wahrheit sagen sollte, müsste ich lügen«, erklärte der Ehemann.

Die Ehepaare Werfel und Hauptmann weilten an der Riviera. Die Abende verbrachten sie in einem Weinlokal. Zu vorgerückter Stunde ergriff Gerhart Hauptmann Alma Mahler-Werfels Hand und seufzte: »Wenigstens im Jenseits müssen wir ein Paar werden!«

»Gerhart«, schaltete sich Frau Hauptmann ein, »ich bin überzeugt, dass die Alma auch für oben bereits gebucht ist.«

Als der Cellist Pablo Casals mit 80 seine Schülerin, die 21-jährige Maria Montanez, heiratete, bezweifelten viele, dass diese Ehe glücklich werden könne. Doch Casals erklärte: »Man kann Schnee auf dem Dach und Feuer im Kamin haben.« Am Hochzeitsabend sagte er zu dem Geistlichen, der das Paar getraut hatte: »80 Jahre habe ich gebraucht, um zu ergründen, welches Alter das der wahren Jugend ist. Jetzt weiß ich es – 80 Jahre!«

Der Hallenser Anatomieprofessor Wilhelm Roux hatte eine Bitte an seinen Kollegen Professor Bramann: Er möge doch bei seiner Einladung zum nächsten Ball wieder seine reizende Tochter als Tischdame neben ihn platzieren. Bramann lehnte höflich ab, und die junge Dame selbst legte trotz ihrer Bewunderung für den großen Anatomen keinen Wert darauf, sich abermals seiner grauen Würde anzuvertrauen. Als sie zu ihrem Erstaunen trotzdem wieder neben Professor Roux saß, fragte sie: »Wie haben Sie das fertiggebracht, Herr Professor? Man hatte mir eine ganz andere Tischordnung angedeutet!«

Der alte Kavalier legte seufzend die Hand aufs Herz. »Es hat mich viel gekostet, neben Ihnen zu sitzen«, sagte er. »Ich habe meinem Kollegen für die Änderung der Tischordnung die schönste Leiche in meiner Anatomie geben müssen.«

Ein junger Gelehrter fragte den bereits in höherem Alter stehenden Immanuel Kant, warum er unverheiratet geblieben sei. »Damit«, erklärte Kant, »ist es mir ergangen, wie es sich so recht für einen Professor schickt. In jungen Jahren, da ich eine Frau hätte brauchen können, konnte ich keine ernähren, und jetzt, da ich eine ernähren könnte, kann ich keine brauchen.«

Einer anderen Version zufolge erwiderte Kant auf die Frage, ob er es nicht bedauere, Junggeselle geblieben zu sein: »Im Gegenteil. Es macht mich glücklich zu denken, dass es irgendwo eine Frau gibt, die ich hätte heiraten können, und die nun ihrerseits glücklich ist, dass ich sie nicht geheiratet habe!«

Als der österreichische Schriftsteller Franz Grillparzer im Alter gefragt wurde, warum er denn seine ewige Braut Kathi Fröhlich nicht geheiratet habe, antwortete er nach einem Zögern aufrichtig: »Ich hab' mich halt nit traut!« Und fügte hinzu: »Ich hätt' halt müssen in der Eh' allein sein.«

Viele Stunden saß der Schauspieler und Globetrotter Hardy Krüger neben einer recht einfältigen Person und hörte ihrem Geschwätz zu. Jemand fragte ihn dann, wie er das ertragen könne. Er, Gentleman alter Schule: »Sie hat einen schönen Mund. Ich habe ihr zugesehen, wie sie redet.«

Der rechte Winkel zieht mich nicht an und auch nicht die gerade, harte, inflexible Linie, die der Mensch geschaffen hat«, erklärte der brasilianische Architekt Oscar Niemeyer in einem seiner letzten Interviews. Die Devise seines Schaffens und Maxime seines Lebens: »Was mich anzieht, ist die freie und sinnliche Kurve, die ich in den Bergen meines Landes finde, im mäandernden Lauf seiner Flüsse, in den Wolken des Himmels.« Niemeyer pointierte: »Das ganze Universum ist aus Kurven gemacht. Wie der Leib der geliebten Frau!«

Bach, als seine Frau starb, sollte zum Begräbnis Anstalten machen. Der arme Mann war aber gewohnt, alles durch seine Frau besorgen zu lassen; dergestalt, dass da ein alter Bedienter kam, und ihm für Trauerflor, den er einkaufen wollte, Geld abforderte, er unter stillen Tränen, den Kopf auf einen Tisch gestützt, antwortete: »sagts meiner Frau.«

Heinrich von Kleist

Friedrich Morell arbeitete an einem griechischen Schriftsteller, den er zugleich übersetzte. Ein Bedienter kam und meldete: Seine Frau, die schon eine Zeit lang krank war, befinde sich sehr übel und wünsche, ihn noch zu sprechen. »Nur noch zwei Perioden habe ich zu übersetzen«, antwortete er: »Dann will ich sie gleich besuchen.« – Der Bediente kam bald wieder: Sie sei am Sterben! – »Noch zwei Worte, dann bin ich fertig!« Er schreibt noch die zwei Worte und geht. Aber die Botschaft kommt ihm entgegen: Sie sei tot! – »Es tut mir leid!«, sprach der zärtliche Gatte, »sie war ein gutes Weib!«

Ein Sack voll Witz, 1789

Man weckte einen Gaskonier des Nachts, weil seine Mutter gestorben war. Er kehrte sich auf die andre Seite um und sagte: »Ach Gott! Wie betrübt werde ich morgen sein, wenn ich aufwache!«

Anecdoten Encyclopaedie, 1789

Am 20. März 1964 starb der irische Dichter Brendan Behan im Dubliner Meath Hospital. Seine letzten Worte, gerichtet an die Nonne, die ihn pflegte: »Schwester, mögen alle Ihre Söhne Bischof sein!«

Der ältere Crébillon, der bekannte Trauerspieldichter, ward einmal bei der Tafel eines vornehmen Herrn gefragt: welches er wohl für sein bestes Stück hielt? »Das kann ich eigentlich nicht sagen«, antwortete Crébillon, »aber so viel weiß ich, dass dies« (hier wies er auf seinen Sohn, den durch viele Schriften bekannten jüngern Crébillon) »mein schlechtestes Stück ist.« – Der Sohn machte eine tiefe Verbeugung und antwortete: »Man will daher auch sagen, Sie hätten es nicht gemacht.«

Ein Sack voll Witz, 1789

Thales von Milet antwortete auf die Frage, warum er keine Kinder gezeugt habe: »Aus Liebe zu den Kindern.«

Ich beginne, die Dinge zu sehen, wie sie sind

Wann ist man nicht mehr jung?« lautete in den 1950er-Jahren eine Rundfrage der Zeitschrift *The New Yorker*. Die besten, preisgekrönten Antworten lauteten:

Wenn man nicht mehr hofft, sondern sich zu erinnern anfängt.

Früher, als man es merkt.

Wenn man zu beweisen sucht, dass man noch jung ist.

Mit dem ersten grauen Haar.

Nein, an dem Tag, an dem man mit Befriedigung feststellt, dass man noch kein einziges graues Haar hat.

Eine noch andere Definition gab später die reife Filmschauspielerin Sophia Loren: »Jung ist man, solange man imstande ist, den eigenen Geburtstag zu vergessen.«

Der 86-jährige Bundeskanzler Konrad Adenauer unterhielt sich nach einer Kabinettssitzung mit einigen Ministern über die Welt in 20 bis 30 Jahren. »Und bis dahin wollen Sie Regierungschef bleiben?«, witzelte Bundespostminister Richard Stücklen. Adenauer konterte: »Nee, für mein Alter hab ich was Besseres vor!«

Winston Churchill schätzte den nur zwei Jahre jüngeren Konrad Adenauer. Als er mit 85 Marrakesch besuchte, sandte er dem Deutschen einen Gruß: »Besuchen Sie Marrakesch! Das Klima ist ideal. Es ist der ideale Ort, an den wir uns zurückziehen können, wenn wir einmal alt geworden sind.«

Man fragte Henry Kissinger nach seinem Tagesablauf, und der fast 100-Jährige erzählte: »Zunächst einmal mache ich morgens die Augen auf. Dann lasse ich mein Frühstück ans Bett bringen und die *New York Times*. Als Erstes lese ich die Todesanzeigen. Und wenn ich nicht drinstehe, stehe ich auf!«

Das Verhältnis zwischen Adele Sandrock und Asta Nielsen, der berühmten Filmschauspielerin der 1920erJahre, war gestört. Nach einer Premiere erhielt Sandrock im Berliner Hotel Kaiserhof, wo sie residierte, einen Brief: »Sehr geehrte Frau Sandrock! Frau Asta Nielsen hat mich beauftragt, Ihnen zu Ihrem letzten großen Filmerfolg herzlichst zu gratulieren. Otto Schmidt, Sekretariat Nielsen.« Sandrock antwortete grollend: »Sehr geehrter Herr Schmidt! Frau Sandrock hat mich beauftragt, bei Ihnen höflich anzufragen, wer Frau Asta Nielsen ist. Erich Knute, Portier des Hotels Kaiserhof.«

Die Donaumonarchie war zusammengebrochen. Ein ehemaliger Hofrat begegnete auf der Straße seinem alten Kanzleibeamten. »Gut schauen S' aus«, kam der Hofrat nicht umhin festzustellen, worauf der Beamte erklärte, das verdanke er dem Umstand, dass er einige Zentner Kanzleiakten, die verbrannt werden sollten, nach Hause gerettet habe und sie nun aufarbeite. Der Hofrat war begeistert. »Und wenn Sie einen Teil fertig haben«, sagte er, »dann bringen S' ihn mir zum Unterschreiben!«

In den 1920er-Jahren begegneten sich zwei alt gewordene badische Exzellenzen auf dem Karlsruher Kaiserplatz. Beide hatten in der galoppierenden Inflation ihr Vermögen verloren. Teilnahmsvoll fragte der eine: »Wie lebst du denn jetzt, alter Freund?«

»Nun, um neun Uhr früh wache ich auf und klingle nach dem Kammerdiener …«

»So«, wunderte sich der eine, »du hast noch einen Diener?!«

»Das nicht, aber die Klingel …«

Ein Dieb / der 60 Jahr lang mit Dieberey umbgangen / endlich ergriffen / und vom Burgermeister zu Wittenberg gefragt wurd / wie geht es? antwortet: Wie wirs treiben so geht es auch.

Der Teutschen Scharpfsinnige kluge Sprüch, 1626

Sie feiern dieses Jahr ihren 75. Geburtstag«, wurde Rosamunde Pilcher gefragt. »Welche Pläne haben Sie für die Zukunft?«

»Nun, wenn mir genug einfällt, schreibe ich jedes Jahr weiterhin zwei Romane!«

»Und wenn Ihnen nichts einfällt?«

»Dann nur einen.«

Eine Anekdote aus dem Altersheim

Rätselstunde im Altenheim. »Unter welchem Künstlernamen wurde der deutsche Schlagersänger Gerhard Höllerich berühmt?«, fragt Frau Holthaus, die Betreuerin.

»Gerhard Höllerich? Hab ich noch nie gehört«, wundert sich Frau Siebert. »Und der soll berühmt sein?!«

»Ziemlich berühmt sogar«, lächelt die Betreuerin und denkt: »Jedenfalls bei den alten Semestern hier.«

»Dann war das bestimmt der … der … Peter Alexander!«, ruft Herr Zeisig.

»Der war Österreicher!«, wehrt die Betreuerin ab.

»Dann ist's der Rühmann!«, kräht Frau Bartels.

»Der ist es auch nicht«, erklärt die Betreuerin.

»Dann war's der Vico Torriani!«, murrt Frau Hauser im Halbschlaf.

»Der ist gleich dreimal kein Deutscher!«, schimpft Frau Siebert.

»Ich gebe euch einen Tipp«, schaltet sich die Betreuerin ein. »Der Gerhard Höllerich hat ›Ganz in Weiß‹ gesungen.«

»Ah, ich hab's doch gleich gewusst!«, kräht Herr Feyerabendt und schlägt sich auf die Schenkel. »Der Rex Gildo war's!«

»Ach was«, seufzt Frau Siebert. »›Fiesta Mexicana‹ hat der gesungen, nicht ›Ganz in Dings‹, in Weiß wollte ich sagen. Das war der Heesters!«, hat sie eine Erleuchtung.

»Warum nicht gleich der Luis Trenker«, höhnt auf einmal Frau Hauser.

»Es war Roy Black!«, ruft jetzt Betreuerin Holthaus, um dem Zirkus ein Ende zu machen.

»Roy Black?!«, schallt es ihr entgegen. »Niemals!«, schreit

jemand. Und eine andere: »Da waren Sie noch gar nicht auf der Welt, als der gesungen hat!«

»Roy was?«, hakt eine letzte ein, die auch kein Kurzzeitgedächtnis mehr hat.

»Dann bis zum letzten, ich meine, bis zum nächsten Mal!«, ruft Betreuerin Frau Holthaus und verduftet.

Nach Susann Winkler

Im vorgeschrittenen Alter las der Philosoph und Mathematiker Auguste Comte nur noch, was er selbst geschrieben hatte. »Das ist eine Form von Gehirnhygiene«, erklärte er.

Die Memoiren des ehemaligen britischen Premierministers Clement Attlee waren wie ihr Autor: solide, aber trocken. Der konservative Abgeordnete Beverly Baxter urteilte: »Ich will nicht behaupten, dass Attlees Memoiren langweilig sind, aber ihr Stil klingt etwa so: ›Eines Tages lernte ich auf einer Gesellschaft eine junge Dame kennen, die mir sehr gut gefiel. Meine Neigung wurde erwidert. Ich hielt daraufhin um Ihre Hand an. Und nun komme ich zum Problem der Verstaatlichung …‹«

Mit den Jahren verfestigte sich Theodor Heuss' Ruf, ein Humorist zu sein, so weit, dass man in jedem seiner Worte einen Witz vermutete. Eines Tages wurde Heuss auf einem Spaziergang von einem Platzregen überrascht. Glücklicherweise sah er gerade einen Abgeordneten im Auto vorbeifahren und winkte ihm zu halten, öffnete den Schlag und sagte: »Herr Doktor, nehmen Sie mich doch ein Stückchen mit, seien Sie so gut!« Der Abgeordnete dachte einen Augenblick nach: »Nein«, sagte er endlich, »diesen Witz habe ich nicht verstanden ...« Schlug die Wagentür zu, legte den Gang ein und fuhr weiter.

Nach seinem Abschied von Bonn unternahm Heuss eine Reise nach Wien. Dort blieb in der Reitschulgasse ein Herr vor ihm stehen und fragte: »Sind Sie der deutsche Bundespräsident?« Heuss bejahte dies, doch ehe er hinzusetzen konnte, »jedenfalls war ich es bis vor wenigen Wochen«, fuhr der Unbekannte fort: »Dann gratuliere ich!« Heuss verwundert: »Wem?« »Mir!«, sagte der Mann, zog respektvoll den Hut und entfernte sich.

Eine Scherzfrage

Wer waren die ersten Rentner?

Die Heiligen Drei Könige. Sie legten die Arbeit nieder, zogen schöne Gewänder an und gingen auf Reisen.

Der amerikanische Philosoph John Dewey lebte nach seiner Pensionierung auf dem Land, mit kleinem Häuschen samt Hof. Seinen Nachbarn verkaufte er Eier und Gemüse. Als Dewey eines Tages im lokalen Kulturverein einen Vortrag über Philosophie hielt, sagte eine Hörerin zu ihrem Nachbarn: »Also ich kann mir nicht helfen, der sieht echt aus wie unser Eiermann.«

Dwight D. Eisenhower war erst nach langem Zögern in die Politik gegangen. Als er 1948 als Vorsitzender der alliierten Streitkräfte zurückgetreten war, hatte ihn ein Reporter nach seinen Zukunftsplänen gefragt. Eisenhower antwortete: »Ich werde einen Schaukelstuhl auf die Veranda stellen. Dann werde ich sechs Monate ruhig sitzen. Und dann werde ich ganz langsam zu schaukeln beginnen.«

Eine Anekdote aus dem Altersheim

Frau Runtemund ist mit ihrer Betreuerin Frau Flotow einkaufen. Letzter Punkt auf ihrer Einkaufsliste ist ein Besuch beim Fotografen, denn Frau Flotow hat ihr gesagt, dass man alte Fotografien wieder wie neu machen könne. Also zeigt Frau Runtemund dem Inhaber des Fotogeschäfts eine verblasste Hochzeitsfotografie und möchte wissen, ob man das Foto mit dem PC bearbeiten und ihm schärfere Konturen und Kontraste geben könne. Der Fotograf bejaht.

»Großartig!«, ruft Frau Runtemund: »Ich habe gehört, mit der modernen Technik kann man das Bild sogar verändern. Mein Mann trägt auf dem Foto so einen albernen Hut! Können Sie ihm den vielleicht abnehmen?«

»Das kann ich versuchen«, erwiderte der Fotograf. »Dafür müsste ich allerdings wissen, wie Ihr Mann die Haare getragen hat. Auf welcher Seite hatte er denn den Scheitel?«

Frau Runtemund schaut ihn verwundert an: »Aber das sehen Sie doch, wenn Sie den Hut abnehmen!«

Nach Susann Winkler

An einem kleinen Theater wurde Carl Maria von Webers *Freischütz* aufgeführt. Der Dirigent schleppte die Tempi derartig, dass die Aufführung außerordentlich lange dauerte. Als im dritten Akt der Eremit endlich auftrat, ertönte aus dem Parkett eine Stimme: »Zu dieser späten Stunde sollte der alte Herr längst im Bett liegen!«

Auf die Frage eines Journalisten, ob man nicht irgendwann zu alt für die Rockmusik sei, meinte Nina Hagen: »Man ist nie zu alt, nur zu spät.«

Ein alter Colonel war in seine englische Heimat zurückgekehrt und hatte im Lokalblatt inseriert: Er suche einen Diener. Jetzt stand der Anwärter vor ihm. »Was ich brauche«, sprach der alte Haudegen und tippte sich mit der Reitgerte auf die Stiefel, »ist ein nützlicher, brauchbarer Mann – einer, der kochen kann, chauffieren, die beiden Pferde striegeln, Schuhe und Fenster putzen, Geflügel füttern, die Kuh melken, und der auch ein bisschen was vom Anstreichen und Tapetenkleben versteht.«

»Verzeihung«, sagte der Bewerber, »aber was für einen Erdboden haben Sie hier?«

»Erdboden?«, fragte der Colonel, »was hat das damit zu tun?«

»Ich meine nur so – wenn es Lehm ist, dann könnte ich auch Ziegel machen in meiner freien Zeit.«

Sie vergessen den Unterschied zwischen einem Menschen, wie ich, und einem Menschen, wie Sie!«, sprach ein junger Oberster zu einem alten Oberstleutnant. – »O nein! Ich weiß ihn: Ein Mensch, wie Sie, macht sich mit vierzigtausend Gulden, ein Mensch, wie ich, nur mit vierzig Dienstjahren – – Aber ein Mensch, wie Sie, sollte höflicher sein, dächt' ich.« – »Jawohl; – allein vor einem Menschen, wie Sie, bin ich gar kein Mensch, wie ich.«

Ein Sack voll Witz, 1789

Der Diplomat und Schriftsteller Charles Joseph de Ligne wurde gefragt, was er in seinem Leben gerne gewesen wäre. Er antwortete: »Bis zum 30. Lebensjahr eine schöne Frau, vom 30. bis zum 60. Lebensjahr ein erfolgreicher Feldherr, und vom 60. Lebensjahr an ein Kardinal.«

Während eines Essens auf Bismarcks Alterssitz in Friedrichsruh im Sachsenwald kam das Gespräch auf die Jagd, früher eine der Leidenschaften Bismarcks, die er völlig vernachlässigt hatte. »Mit den Leidenschaften«, meinte der Exkanzler, »verhält es sich wie mit den Fischen in meinem Teich: Einer frisst den anderen auf, bis zum Schluss ein einziger dicker übrig bleibt. Bei mir sind im Laufe der Zeit alle Leidenschaften von der einen großen Leidenschaft zur Politik aufgefressen worden. Ich bin zu alt, als dass die früheren Leidenschaften wiederkehren könnten.«

Der Zeichner und Schriftsteller F.W. Bernstein, in Deutschland neben Loriot und Robert Gernhardt einer der großen Erneuerer der Komik nach 1945, stimmte nie mit ein, wenn Kollegen und Verleger gegen die Nachkommenden vom Leder zogen. »Seien wir ehrlich«, pflegte der Altmeister bei solchen Gelegenheiten zu sagen, »das Ärgerlichste an der jüngeren Generation ist doch der Umstand, dass wir nicht mehr dazugehören!«

Eine Abordnung der Kommunistischen Partei Frankreichs besuchte Pablo Picasso, als dieser das hohe Alter von 90 Jahren erreicht hatte. Die Mitglieder der Abordnung fragten, wie es ihm gehe. »Gesundheitlich gut«, erwiderte Picasso, »aber es ist an der Zeit, dass ich das Feld räume: Ich beginne, die Dinge zu sehen, wie sie sind.«

Obwohl Erich Kästner nach dem Zweiten Weltkrieg nicht mehr viel publizierte, blieb sein Ruhm bei Alt und Jung unverwelkt, und seine Vorträge und Lesungen waren auch in großen Sälen stets überfüllt. Bei einem Geburtstagsempfang zu Ehren eines Münchner Verlegers sagte Kästner dem 60-jährigen Jubilar: »Dass wir wieder werden wie die Kinder, ist eine unerfüllbare Forderung. Aber wir können zu verhüten suchen, dass die Kinder werden wie wir.«

Kurz vor seinem Tod bemerkte Mark Twain zu einem jungen Bewunderer: »Ich bin jetzt ein alter Mann und habe viele Dinge in meinem Leben gesehen – die allerdings zum größten Teil nie passiert sind.«

Die letzten Jahre in Alt-Rahlstedt brachten dem berühmt gewordenen Lyriker Detlev von Liliencron viele, allzu viele Besucher. Am Hauseingang hing deshalb ein Schild: »Ich arbeite und bin nicht zu sprechen.« Schützte auch das nicht, bekam das Dienstmädchen den Auftrag zu sagen: »Der Herr Dichter ist soeben gestorben.«

Ähnlich deutlich wurde Voltaire, der auf seinem Landgut Ferney oft von Fremden, die den großen Dichter und Aufklärer sehen wollten, belästigt wurde. Als der Diener wieder einen Besucher ankündigte, gab ihm Voltaire auf: »Sagt ihm, ich sei krank.« Der Diener kam zurück: »Er drängt, Sie krank zu sehen.« »Dann sagt, ich sei tot.« Wieder kam der Diener zurück: »Er will den Leichnam sehen.« »Dann sagt, der Teufel hat mich geholt!«

Der französische Schriftsteller Jean Giono vertraute eines Tages einem Freund an, dass er 25 Jahre gebraucht habe, um festzustellen, dass er kein Talent habe.

»Und da hast du nicht aufgehört zu schreiben?«, fragte der Freund.

»Wie konnte ich?«, antwortete der Schriftsteller. »Mittlerweile war ich ja berühmt geworden.«

Der norwegische Komponist Edvard Grieg war kein Melancholiker. Kurz bevor er mit 64 Jahren starb, sagte er: »Das Leben ist ein Bankett. Ich bin jetzt beim Käse angelangt, aber er schmeckt mir auch.«

Es ist ein großes Glück, als Schweizer geboren zu werden«, erklärte Friedrich Dürrenmatt in einem Gespräch mit dem Literaturkritiker Werner Fuld und fuhr fort: »Es ist auch beruhigend, als Schweizer zu sterben. Aber«, setzte er hinzu, »dazwischen ist es ziemlich langweilig.«

Der berühmte holländische Arzt Herman Boerhaave hatte bei seinem Tod 1738 ein versiegeltes Päckchen hinterlassen, auf dem stand: »Die einzigen und tiefsten Geheimnisse der ärztlichen Kunst«. Bei der Versteigerung seiner Hinterlassenschaft boten die Kollegen eifrig auf dieses Objekt, bis es endlich einer für 10 000 Gulden erstand. Zitternd vor Aufregung trug er es heim und wickelte in großer Erwartung eine Hülle nach der anderen ab, bis er endlich einen kleinen Zettel aus dem Papierwust kramen konnte. Auf ihm stand in der zierlichen Schrift des Verstorbenen: »Halte den Kopf kühl, die Füße warm und den Leib offen; dann kannst du aller Ärzte spotten!«

Voltaires Maxime: »In der Jugend muss man lieben wie ein Verrückter, im Alter muss man arbeiten wie ein Verrückter.«

Auf die Frage, welches seiner Werke er für sein bestes halte, antwortete der alte Giuseppe Verdi lächelnd: »Mein Altersheim für Musiker in Mailand.«

Goethe verbrauchte sein ganzes, vom Großvater erworbenes und vom Vater ihm vererbtes Vermögen und gab dafür die kühle Erklärung, er sei am liebsten sein eigener Erbe. Sein einziger Sohn August starb vor ihm, die beiden Enkel mussten sich als Kammerherren am Weimarer Hof ihren Lebensunterhalt verdienen.

Der jüdische Philosoph Abraham Esra war weit und breit als Pechvogel bekannt. Alles, was er anrührte, schlug fehl. Er fügte sich in sein Schicksal und meinte: »Wenn ich Leichentücher herstellen würde, würde die Menschheit aufhören zu sterben.«

Kurz vor seinem Tod bemerkte Arthur Schopenhauer: »Dass meinen Leib bald die Würmer zernagen, ist mir kein arger Gedanke. Aber mit Grauen denke ich daran, wie mein Geist unter den Händen der Philosophieprofessoren zugerichtet werden wird.«

Als Brigitte Bardot auf einer Pressekonferenz ihre Memoiren ankündigte, fasste sie ihre Erfahrungen in dem Satz zusammen: »Wenn ich mein Leben nochmals leben könnte, würde ich wieder alle die Fehler machen, die ich gemacht habe. Nur würde ich vielleicht noch früher damit anfangen.«

Der amerikanische Filmschauspieler Kirk Douglas war das Kind jüdischer Eltern, die aus Russland in die USA eingewandert waren. Im traditionellen Alter von 13 Jahren feierte er seine Bar-Mizwa. Mit 83 Jahren wiederholte er die Feier – und sagte den Gästen augenzwinkernd: »Auf die nächsten 70 Jahre!« Es wurden immerhin 20 – Kirk Douglas starb im gesegneten Alter von 103 Jahren.

Auf die Frage eines Reporters, was ihn am meisten in der Welt fasziniere, antwortete der greise Ernst Jünger: »Die Sandläufer.« Da der Zeitungsmann ahnungslos schaute, erklärte es der Schriftsteller und Insektenforscher: »Weil die Bewegungsart dieser Käfer der meinen entspricht. Sie verhalten sich ruhig, fassen ein Ziel ins Auge und« – die Augen des alten Kriegers leuchteten auf – »schießen darauf los!« Nach einer Kunstpause setzte er mit den auf sein eigenes Leben nach 1945 gemünzten Worten den Schlusspunkt: »Danach verharren sie in Ruhe.«

In Sülze beigesetzt

Einem Mann war ein Pferd gestorben. Als der Schinder es eben holen wollte, trat ein Nachbar hinzu und beklagte ihn über seinen Verlust. »Ach Gott«, versetzte der Bauer: »was kann alles Beklagen helfen, wir müssen ja alle diesen Weg.«

Anekdotenalmanach, 1810

Als Hersch Ostropoler, der jüdische Schalk aus dem 18. Jahrhundert, im Sterben lag, gab er seinem Sohn folgenden Rat: »In unseren heiligen Schriften steht geschrieben, dass bei der Ankunft des Messias alle Menschen ins Heilige Land aufbrechen werden. Die Kinder Israels werden über eine Brücke aus Spinnweben schreiten, und kein einziger Spinnwebfaden wird Schaden erleiden. Die Gojim aber werden über eine Eisenbrücke ziehen, und sie wird unter ihnen zusammenstürzen. Du bist mein Einziger, deshalb rate ich dir im Angesicht des Todes: Geh für alle Fälle über die Eisenbrücke.«

Zwei alte Mitglieder des Hoforchesters Meiningen namens Gerster und Stolze waren dem Dirigenten Hans von Bülow als Musiker wie als Menschen unsympathisch. Eines Tages trat der Konzertmeister vor Beginn einer Probe zu Bülow und sagte mit ernster Miene: »Ich muss Ihnen eine traurige Mitteilung machen. Unser Kollege Stolze ist in der vergangenen Nacht an einem Herzschlag gestorben.«

»Und der Gerster?«, lautete die hoffnungsvoll gespannte Antwort.

Alexander Puschkin hatte einen Onkel namens Wassili Lwowitsch, der ein Literat war bis auf die Knochen. Für ihn gab es nur die Welt der Bücher. Als er auf dem Sterbebett lag, wurde Puschkin zu ihm gerufen. Der Onkel sah Puschkin schweigend an, dann sprach er todesmatt mit einem tiefen Seufzer: »Wie langweilig sind die Aufsätze von Katenin …« Und verschied.

Ein Geistlicher tröstete einen kranken Irländer und sagte ihm, dass er wohl wieder aufkommen würde und im Falle, er selbst stürbe, so solle er bedenken, dass er ja doch einmal sterben müsse. »Ja, das ist eben der Knoten«, sagte dieser, »ginge es öfter, so würde ich mir das erste Mal nicht so viel daraus machen.«

Fuchsmundus der Jüngere, 1847

Der Orientalist Joseph von Hammer-Purgstall, dessen Hafis-Nachdichtung Goethe zum *West-östlichen Diwan* angeregt hatte, verbrachte jede freie Minute in seinem Landhaus bei Klosterneuburg. Er ging dort in Pluderhosen umher, rauchte Wasserpfeife und aß arabische Speisen. Nach orientalischer Sitte ließ er sich schon zu Lebzeiten sein Grabmal anfertigen. Während eines Mittagessens mit Gästen trat ein Diener herein und flüsterte dem Hausherrn etwas ins Ohr. Hammer-Purgstall sprang auf, eilte hinaus und rief: »Sie sind da! Sie sind da!«

Nach einer Weile kam er zurück, über und über mit Holzwolle bedeckt, und sagte: »Es ist wunderbar! Ich habe ihn probiert, er passt ausgezeichnet. Es liegt sich wunderbar in ihm!«

Er hatte den soeben eingetroffenen Sarg ausprobiert.

Mark Twain hielt den Freitag für einen Unglückstag. Ein Freund fand diesen Aberglauben lächerlich und hielt Twain vor, Gladstone, Tennyson, Washington und Napoleon seien sogar an einem Freitag geboren worden. »Und?«, erwiderte Mark Twain, »tot sind sie. Alle.«

Mark Twain wurde nach seiner Meinung über das Paradies und die Hölle befragt. »Ich möchte mich zu diesem Thema nicht äußern«, sagte er. »Ich habe in beiden Institutionen gute Freunde.«

Carl Ernst Baer, Medizinprofessor in Petersburg, sagte in seinem 80. Lebensjahr, er sei keineswegs überzeugt, dass er sterben müsse: »Es sind zwar bisher, soviel bekannt, alle Menschen gestorben. Allein der Satz: ›Alle Menschen müssen sterben‹ besagt doch zu viel und dürfte eigentlich nur lauten: ›Alle Menschen sind bisher gestorben‹; denn es ist bloß ein Erfahrungssatz, der durch einen andern umgestoßen werden kann, kein Axiom, für das eine innere Notwendigkeit vorliegt.« Aber er starb dann doch.

Kurz vor seinem 95. Geburtstag empfing der durch seine Mitarbeit an den Zeitschriften *Pardon* und *Titanic* sowie viele Bücher berühmte und nach wie vor schöpferisch tätige Zeichner und Cartoonist Hans Traxler eine Dame, die auch bereits 90 Jahre alt war. »Der Tod hat uns vergessen«, sagte sie. »Pst!«, antwortete Traxler und legte den Finger auf den Mund.

Karl Julius Plötz, der für den Sprachunterricht im Französischen zahlreiche Grammatiklehrbücher verfasst hatte, lag im Sterben – da richtete sich die bedeutende Lehrkraft mit letzter Kraft noch einmal auf: »Je meurs«, flüsterte er. »Man kann auch sagen: Je me meurs.« Er sank zurück und verschied.

Als Scaliger der Jüngere auf dem Todbette lag, strengte er alle Kräfte an, um noch zu sprechen.

Die Umstehenden waren sehr begierig, seinen letzten Willen zu vernehmen. Endlich brachte er mit vieler Mühe die Worte hervor:

»Das muss ich noch erwähnen, Lypsius' Schreibart gefällt mir nicht; sein Stil ist zu kurz«, und nun gab er seinen Geist auf.

Anekdotenalmanach, 1817

Der Berliner Operettenkomponist Paul Lincke las in einer Zeitung die Nachricht von seinem allzu frühen Tod. Er rief seinen Verleger an: »Haste das gelesen?!«

»Natürlich habe ich das«, erwiderte der Verleger, »und von wo telefonierste?«

Im Aushang vor der Göttinger Nikolaikirche wurde ein Vortrag angekündigt: »Professor Ulrich Nembach spricht zum Thema ›Gehet hin, ihr Verdammten, in das ewige Feuer!‹« Darunter in kleinerer Schrift: »Eintritt frei«.

Ein Neffe von Giacomo Meyerbeer besuchte Gioachino Rossini und spielte ihm sehr sicher und selbstbewusst einen von ihm komponierten Trauermarsch zu Ehren Meyerbeers vor. Dann wollte er das Urteil des Meisters hören. »Na ja«, erklärte Rossini, »es wäre ja besser gewesen, wenn Sie gestorben wären und Ihr Onkel den Trauermarsch komponiert hätte.«

Diego Maradona, einer der besten Fußballspieler der Geschichte, war bereits vor Jahren gestorben, aber noch immer brachten trauernde Fans Blumen an sein Grab. Einer aber legte einen Fußball auf die Marmorplatte, unter der der Star ruhte. Ein anderer Trauernder fragte ihn: »Glaubst du wirklich, dass er mit dem Ball noch spielt?« Die Antwort kam wie ein punktgenauer Pass von Maradona: »Glaubst du wirklich, dass er die Blumen noch in eine Vase stellt?«

Dieser Tage stürzte sich ein armer Bücher- und Journaltrödler vom fünften Stockwerk auf die Straße herunter, wo eben viele Leute gingen. Er hatte aber die Höflichkeit, im Herunterfallen aus vollem Halse zu schreien: »Kopf weg! Kopf weg!« Damit niemand Schaden nehmen mochte. Wahrhaftig, dieser Mann hatte Lebensart.

Johann Froelich, 1811

In einem kleinen nordböhmischen Theater führte eine Wanderbühne *Don Carlos* von Schiller auf, doch der Schuss, dem der Marquis Posa zum Opfer fallen sollte, fiel nicht. Dem Schauspieler des Posa brach der kalte Schweiß aus, und der Darsteller des Carlos versuchte die Situation zu retten, indem er seinem Partner einen kräftigen Tritt in den Hintern versetzte. Da man aber an Fußtritten in die Kehrseite gewöhnlich nicht stirbt, extemporierte Marquis Posa, während er zu Boden sank: »Ha …! der Stiefel war vergiftet!« Da fiel der Schuss – worauf der Sterbende hinzufügte: »Auch das noch!«

In Rom missfiel den Leuten, dass im *Othello* Desdemona ermordet wird. Der dasige Sänger David ist darum galant genug, seine Schöne nicht zu ermorden, sondern umarmt sie, singt ein Duo […] mit ihr, und – alle gehen im besten Humor nach Hause.

Johann Ernst Häuser, 1830

Eine Aufführung des *Lohengrin* von Richard Wagner: König Heinrich, umringt von seinen Mannen, stirbt und starrt düster auf die Bahre Telramunds, über die sich Ortrud geworfen hat. Vorne fleht die kniende Elsa den Himmel um Beistand an; hinten lässt der ganz in Silber gekleidete Gralsritter den ermordeten Knaben Gottfried zum Leben erwecken, besteigt den Schwanennachen und fährt davon. Tiefer Seufzer aus dem Publikum: »Jaja – so ist das Leben!«

An der Tafel Ludwigs XIV. äußerte der Schriftsteller Boileau im Gespräch: »Alle Menschen müssen sterben.« Da traf ihn ein scharfer Blick des Monarchen. Sofort verbesserte er sich: »Fast alle Menschen, Sire, fast alle!«

Ludwig XIV. verdrängte den Gedanken an den eigenen Tod, doch anderen gegenüber war er weniger feinfühlig. So sagte er einmal zu dem Schriftsteller Pierre Bayle: »Wie alt und jämmerlich Sie aussehen! Haben Sie sich schon um Ihre Grabstätte gekümmert?«

»Gewiss, Sire«, erwiderte Bayle mit einer tiefen Verbeugung. »Ich habe in meinem Testament bestimmt, dass ich zu Ihren Füßen begraben sein möchte.«

Sachsens großer König August der Starke wurde von seinem Hofgeistlichen ermahnt, nicht alle Finanzmittel zu verprassen und auch an seine Nachfolger zu denken. »Meine Nachfolger?«, versetzte der Herrscher kühl. »Sie haben nichts für mich getan, also weiß ich nicht, weshalb ich etwas für sie tun sollte.«

Anfang 1954 starb Bundestagspräsident Hermann Ehlers aus Sülze im Kreis Celle. Die Nachricht vom Begräbnis versah die deutsche Presseagentur dpa wenig pietätvoll mit der Überschrift: »Ehlers in Sülze beigesetzt«.

Der Vater des Rolling-Stones-Gitarristen Keith Richards war gestorben und eingeäschert worden. Als Richards, der mit Drogen reichlich Erfahrung hatte, den Deckel von der Urne nahm, wehte ein feiner Sprühnebel aus väterlicher Asche auf den Tisch. »Ich konnte ihn nicht einfach so abbürsten«, sagte Richards und fuhr fort: »Also wischte ich mit dem Finger darüber und konnte nicht widerstehen, ihn mit ein bisschen Koks zu strecken.«

Der berühmte Chirurg Ferdinand Sauerbruch operierte sogar noch, als er langsam dement wurde und bereits furchtbar vergesslich war. Einmal versuchte er einem Patienten eine betrübliche Nachricht schonend mitzuteilen. »Ich habe eine gute und eine schlechte Nachricht für Sie«, eröffnete er das Gespräch. »Die gute: Sie haben noch einen Tag zu leben.« Der Patient schockiert: »Und die schlechte?!«

»Ich hab's gestern vergessen, Ihnen zu sagen.«

Als ein Bauer in Wien sich zur Firmung führen ließ und der Bischof, der die heilige Handlung verrichtete, an diesen schon ziemlich alten Kerl kam, fragte er ihn: »Ihr seid doch im Katechismus wohl unterrichtet?« »Hat sich wohl!« – »Nun, so sagt mir: Ist Gottes Sohn auch Gott?« – »Nein, jetzt noch nicht«, sagte der Bauer, »aber wenn sein Vater stirbt, so kann es ihm nicht fehlen.«

Ein Sack voll Witz, 1789

Der Schriftsteller Bernard le Bovier de Fontenelle aß leidenschaftlich gerne Spargel in Butter. Sein Akademiekollege Guillaume Dubois, den er zu einem Diner einlud, liebte Spargel in Essig und Öl, weshalb Fontenelle seiner Wirtin aufgab, die Hälfte des Spargels in Essig und Öl zuzubereiten. Kurz vor Tisch überfiel den Gast eine Übelkeit. Er sank zu Boden und hatte einen Schlaganfall erlitten. Fontenelle sprang auf, stürzte in die Küche und rief: »Alle in Butter! Alle in Butter!«

Queen Elizabeth II. hatte 1952 den Thron bestiegen. Als die Londoner *Times* 2021 in einem Preisausschreiben eine besonders sensationelle fiktive Schlagzeile suchte, schlug ein Einsender vor: »Queen Elizabeth II. gestorben«. Da war sie 95.

Der Kölner Erzbischof und Kardinal Joachim Meisner starb just, als man glaubte, er habe das Schlimmste überstanden. Sein Sekretär entwarf die Meldung für die Presse und gab ihr die Überschrift: »Kardinal Meisner verschieden«. Ein Priester in seiner Diözesanverwaltung fand das zu lapidar und verbesserte: »Kardinal Meisner fromm verschieden«. Einem Dritten war auch das zu knapp, und so lautete die Überschrift schließlich: »Kardinal Meisner unerwartet fromm verschieden«.

Der Althistoriker Theodor Mommsen hatte seine Frau verloren und saß wenige Tage nach der Beerdigung grübelnd in seinem Studierzimmer. Es läutete an der Wohnungstür, der Diener ging und berichtete anschließend: »Es waren zwei Boten vom Waisenhaus. Wir haben in der Waisenhauslotterie die bessere Hälfte vom zweiten Hinterviertel eines Mastkalbes gewonnen.« Mommsen sah den Diener wie abwesend an und sagte: »Das ist man auch nur ein schwacher Trost.«

Eines Morgens wurde dem Schauspieler am Wiener Burgtheater, Friedrich Mitterwurzer, plötzlich übel. Der Arzt fühlte dem schon auf dem Boden Liegenden den Puls, horchte nach dem Herzschlag und prüfte den Pupillenreflex. Dabei stellte er ein paar Routinefragen: »Sie heißen?« Mitterwurzer rang nach Atem: »Mitterwurzer!« Das schien auf den Arzt keinen Eindruck zu machen. »Beruf?«, fragte er. Mitterwurzers Augen weiteten sich fassungslos. »Schauspieler!«, brachte er mühsam hervor. Als der Arzt auch noch wissen wollte: »An welchem Theater spielen Sie denn?«, blieb Mitterwurzer die Antwort schuldig – und verschied.

Der Opa lag im Sterben. Im Nebenzimmer saßen die Angehörigen. Immer wieder stand einer auf, linste durchs Schlüsselloch und kehrte kopfschüttelnd zurück – bis das Unabwendbare eingetreten war und mit umflorter Stimme die Botschaft kam: »Unser lieber Opa, Gott hab ihn selig, ist gestorben.«

»Woran hast du das gemerkt?«

»Die Krankenschwester isst das Kompott.«

Nach Roda Roda

Wären Sie bereit, für Ihre Überzeugungen zu sterben?«, fragte man Bertrand Russell. »Natürlich nicht«, versetzte der britische Philosoph. »Ich könnte mich schließlich irren!«

Peter Bichsel, bereits Mitte 80, erkrankte ernstlich, und man fürchtete, es gehe auf sein Ende zu. Aber der greise Schriftsteller erholte sich, und als Freunde ihn besuchten, sagte er, verschmitzt wie immer: »Jetzt habe ich drei Wochen lang versucht zu sterben – ich geb's auf!«

Aus dem Prospekt einer Schweizer Schallplattenfirma in den 1960er-Jahren: »Joh. Seb. Bach: ›Komm, süßer Tod‹ – Züricher Ärzte-Chor.«

Die Nachricht vom Tod seines Fürsten Carl August überraschte Johann Wolfgang Goethe beim Mittagsmahl, an dem einige in Weimar anwesende Fremde teilnahmen.

Man hatte gezögert, ihm die Nachricht mitzuteilen, doch endlich geschah es doch. Da sagte Goethe zu den Anwesenden: »Das ist grob! Reden wir von etwas anderem!«

In einer Stellenanzeige aus dem Jahr 2022 war zu lesen: An diesen Aufgaben haben Sie Spaß:

Beurkundung von Sterbefällen.

Koordinierung und Festsetzung von Bestattungsterminen.

Gebührenfestsetzung u. Bescheide für Graberwerbe und Bestattungen.

Verwaltung von Gräbern.

Statistiken.

Der gastronomische Schriftsteller Wolfram Siebeck, schon schwerkrank, war eben im Begriff, sein Diner im Bett zu beenden, als er einen Schwächeanfall bekam. »Ich fühle, dass es zu Ende geht«, rief er. »Schnell das Dessert!«

Jean-Baptist Sartre, der Vater des Schriftstellers und existenzialistischen Philosophen Jean-Paul Sartre, starb, als der Sohn erst ein Jahr alt war. Dieser äußerte später ganz rational: »Der frühe Tod meines Vaters war ein Glücksfall. Er hat mir die Mühe erspart, ihn zu vergessen.«

Der Literaturchef der *Frankfurter Allgemeinen Zeitung*, Marcel Reich-Ranicki, war ernstlich erkrankt. Wie es in der Branche üblich ist, schrieb ein Redakteur vorsorglich einen Nachruf. Doch Reich-Ranicki erholte sich, erschien wieder in der Redaktion und fragte den Redakteur, ob er seinen Nachruf sehen dürfe. Der schüttelte den Kopf: »Vorher nicht.«

Nach Werner Fuld

Matthias, der jüngste Sohn der Brandts, pflegte morgens zu den Eltern Willy und Rut ins Schlafzimmer zu kommen, bisweilen unwillkommen früh. Eines Morgens ging er zu Mama und tupfte sie an, aber sie schlief noch. Matthias ging ums Ehebett herum, stieß Papa an. Der war bereits wach, ließ sich aber nichts anmerken und rührte sich nicht. Matthias war enttäuscht, wartete ein paar Augenblicke, dann sagte er: »Beide tot – schade!«

Winston Churchill war kein braver Schüler. Eines Tages wurde die gesamte Klasse mit ihrem Lehrer fotografiert. Dem Lehrer gefiel die Aufnahme, und er ermunterte die Schüler, sich Abzüge zu bestellen: »Wie nett wird es sein, wenn ihr nach 20 Jahren das Bild wieder anseht und dann sagen könnt: Das hier ist Tommy Brown, der ist jetzt Rechtsanwalt, und hier ist Patterson, der ist jetzt Arzt, und –« »Und das ist unser Lehrer, der ist jetzt schon lange tot!«, rief der kleine Winston freudig dazwischen.

Johannes Heesters hatte die 100 überschritten, als ihm eines Nachts träumte, er sei gestorben und müsse vom Himmel aus alle seine Nachrufe lesen. Der erste begann: »Plötzlich und unerwartet verstarb …« Heesters korrigierte: »Plötzlich und für ihn unerwartet …«

Nach Werner Fuld

Herbert von Karajan musste einen Orchestermusiker entlassen. Über die künstlerischen Qualitäten des Scheidenden befragt, äußerte der Maestro: »Die Lücke, die er hinterlässt, ersetzt ihn vollkommen.«

Ein katholischer Archäologe berichtete Papst Franziskus aufgeregt von seiner Grabungskampagne in Jerusalem: Er habe das Grab Jesu gefunden. »Das ist ja großartig!«, freute sich der Papst, doch der Archäologe dämpfte die Begeisterung: »Na ja, das Grab war nicht leer. Jesu Skelett lag drin.« Kurzes betretenes Schweigen, dann: »Wunderbar, er hat also tatsächlich gelebt!«

Oscar Wilde bewahrte seinen Witz bis zum Ende. Noch auf dem Sterbebett verlangte er Champagner und sagte: »Ich sterbe, wie ich gelebt habe – über meine Verhältnisse!«

Der Revolutionär François Noël Babeuf wurde 1797 nach dem gescheiterten Aufstand seiner »Gesellschaft der

Freunde der Republik« zum Tod verurteilt. Vor dem letzten Gang besuchte ihn der Seelsorger: »Monsieur, erleichtern Sie Ihr Gewissen! Ehe eine Stunde verstreicht, stehen Sie vor Gott.« Kühl versetzte Babeuf: »Dann bin ich neugierig, ob er bei näherer Bekanntschaft gewinnt.«

An seinem 90. Geburtstag wurde der Philosoph Bertrand Russell beim Festessen von einer Dame gefragt: »Sie sind nicht nur der bekannteste, sondern auch der älteste Atheist. Was, wenn Sie sich irren und Sie nach dem Tod zu Gott kämen?« Russell lächelte: »Dann werde ich ihn nach dem Grund fragen, warum das Beweismaterial seiner Existenz so dürftig war.«

Als der sächsische Hofnarr Claus von Ranstädt auf dem Sterbebett lag, ermahnte ihn der Geistliche, sein Testament zu machen. Claus sagte: »Ich habe nichts als meine Kleider und ein Pferd, und die vermache ich den Grafen und Freiherrn des Landes.« Der Geistliche fragte, warum er sie nicht den Armen gebe. Darauf Claus: »Ihr predigt uns allewege, dass wir Gott nachahmen sollen; Gott aber hat die Güter der Welt jenen und nicht den Armen gegeben, und darum folge ich ihm nach und tue desgleichen.«

Als der Dramatiker und Schauspieler Molière gestorben war, wollte ihm die Kirche, da er Komödiant gewesen war, kein christliches Begräbnis gewähren. Ludwig XIV. hatte den Theatermann geschätzt und fragte den Bischof von

Paris, wie tief die Erde eines Friedhofes geweiht sei. »Drei Fuß«, erwiderte der Kirchenmann. »Nun, dann wird er vier Fuß tief begraben«, ordnete der König an.

Der französische Komponist Jean-Philippe Rameau lag im Sterben. Ein hoher geistlicher Würdenträger gab dem fast Bewusstlosen die letzte Ölung und intonierte ein Sterbegebet.

Da öffnete der Meister noch einmal die Augen und flüsterte: »Hochwürden, warum singen Sie so entsetzlich falsch?«

US-Präsident Calvin Coolidge saß am liebsten den Nachmittag über in seinem Schaukelstuhl, paffte seine Zigaretten und regierte auch sonst wenig. Nachdem er eines Tages zusammengebrochen war, konnten die Ärzte nur noch den Tod diagnostizieren. Die Schriftstellerin Dorothy Parker wunderte sich: »Wie konnten die Ärzte den Unterschied feststellen?«

Der spanische König Philipp III. starb an der Hitze eines Kohleofens. Eigentlich war der Ofen dazu da gewesen, den König aufzuwärmen, doch er hatte zu nahe daran gesessen. Selbst den Stuhl wegzurücken, war ihm unwürdig erschienen. Der Palastdiener, der zuständig war, war nicht zu finden.

Ein Freund Knut Hamsuns war gestorben. Auf der Beerdigung übermannte Hamsun die Rührung; er weinte. Hinterher sagte er: »Nicht mal das Begräbnis eines anderen ertrage ich – wie soll das erst bei meinem eigenen werden?!«

Der griechische Philosoph Anaxagoras wurde gefragt, ob er in seiner Heimat bestattet zu werden wünsche. Er meinte: »Das ist unnötig, der Hades ist von jedem Ort gleich weit entfernt.«

Als Drusus, der Sohn des römischen Kaisers Tiberius, gestorben war, schickten alle Provinzen Kondolenzabordnungen. Eine erschien auch aus der kleinasiatischen Stadt Troja. Doch als sie eintraf, war Drusus bereits über ein Jahr tot. Nachdem die Gesandtschaft ihr Sprüchlein heruntergespult hatte, kondolierte Tiberius seinerseits den Trojanern; und zwar zum Tod ihres großen Helden Hektor.

Der französische Schriftsteller François de Malherbe lag auf dem Sterbebett, ein Priester spendete ihm in wenig gewählten Ausdrücken Zuspruch. Als schließlich der Geistliche auch noch von den Herrlichkeiten des himmlischen Lebens zu sprechen begann, unterbrach ihn Malherbe: »Sprechen Sie nicht davon! Ihr schlechter Stil verdirbt mir den ganzen Appetit!«

Der amerikanische Schriftsteller Bret Harte weilte zu einer Lesung in Richmond. Er hatte so heftige Kopfschmerzen, dass ihm sterbenselend war. Er unternahm zusammen mit einem dortigen Freund einen Spaziergang, auf dem seine Begleitung die gesunde Luft und die gute Lage der Stadt rühmte und stolz darauf hinwies, dass die örtliche Sterberate nur einen Todesfall für den Tag betrage. »Großer Gott!«, rief Harte, »der heute fällige Kandidat ist hoffentlich schon gestorben?!«

Bei der Exhumierung von Beethovens Leiche am 23. Juni 1888 war auch der österreichische Komponist Anton Bruckner zugegen. Tief ergriffen starrte er in den Sarg hinein. Auf der Heimreise war er in sehr ernster Stimmung, der düster-erhabene Akt hatte ihn tief im Innern aufgewühlt. Plötzlich merkte er, dass in seinem Zwicker ein Augenglas fehlte. »I glaub«, meinte er mit freudiger Rührung, »das is mir in'n Sarg vom Beethoven 'neing'fallen, wia mi so stark vorgebeugt hab«, sagte er und war wie betäubt von Glück.

Ich will lachend sterben«, hatte Voltaires Devise gelautet. Doch als es so weit war, bedrängte ihn ein Priester, sich zum Christentum zu bekehren und zu Jesus Christus zu bekennen. »Sprecht mir nicht von diesem Mann!«, replizierte Voltaire. Wütend entfernte sich der Priester – nur um gleich darauf ins Zimmer zurückzukehren. Voltaire streckte ihm die Hände entgegen und rief: »Geht endlich, ich bin tot!«

Wenn Sie noch ein wenig länger bleiben, Hochwürden, werden wir miteinander gehen«, sagte die im Sterben liegende Marquise de Pompadour zu ihrem hochbetagten Beichtvater.

Ein Greis, seit über sechzig Jahren mit Leib und Seele Mitglied von Werder Bremen, vertraute seinem Sohn seinen letzten Willen an: »Ich möchte bei Werder austreten und Mitglied von Bayern München werden!«

»Aber Opa!«, rief der Sohn, »du warst dein ganzes Leben Werder-Fan!«

»Ja, aber wenn ich sterbe, möchte ich, dass es nicht einen Werder-Fan, sondern einen Bayern-Fan weniger auf der Welt gibt.«

Ein Geiziger war so krank, dass ihm der Geistliche riet, er müsse sich zum Tode bereiten, weil er nur noch kurze Zeit zu leben hatte. – »Ach, lieber Herr«, antwortete dieser, »es freut mich außerordentlich, dass ich bald aus der Welt komme, denn die Doktorn und Apotheker sind so teuer, dass sie mich um manchen schönen Taler bringen würden.«

Carl Friedrich Bahrdt, 1839

Ein erbärmlicher Dichter machte schon zu Lebzeiten seine Grabschrift und zeigte sie dem Philosophen Demonax. Der sagte: »Diese Grabschrift ist so gut, dass ich viel darum gäbe, wenn sie heute schon auf dem Grab stünde!«

Der für seine Wortspiele berühmte Wiener Satiriker Moritz Gottlieb Saphir bestellte im Kaffeehaus drei harte Eier, schälte eines und verzehrte das Eiweiß. Dann legte er den Dotter und die beiden anderen Eier auf einen Teller und fragte die Tischgesellschaft: »Was bedeutet das?« Und weil es keiner wusste: »Das bedeutet: Ei, ei, da liegt ein Toter [Dotter]!« Am Tisch saß auch ein Ungar, der später zu Hause dasselbe vorführte und die Familie raten ließ. Zuletzt erklärte er triumphierend: »Das bedeutet: Schau, schau, da ist einer gestorben!«

Als Albert Schweitzer in die französische Akademie der Wissenschaften aufgenommen wurde, gab er für seine Freunde ein Festessen in einem Schlemmerlokal. Den Gästen verriet Schweitzer, dass zahlreiche Zeitungen für ein stattliches Honorar um biografische Einzelheiten gebeten hätten, »für alle Fälle«. Und Schweitzer erklärte in seinem Elsässer Dialekt: »Hitte z'owe [heute Abend] tüen mer min Nekrolog verfrässe.«

Das Basler Geschlecht der Burckhardts war schon immer stolz auf seine lange Geschichte. Einmal führte das aktuelle Oberhaupt der Familie einigen Kollegen von der Universität seine Ahnengalerie vor. Die Erklärungen zogen sich in die Länge, bis einer der Gäste mit gequältem Lächeln einen Scherz versuchte: »Ich erwarte jetzt nur noch, dass Sie uns beweisen, Ihre Vorfahren seien in der Arche Noah dabei gewesen.«

»Aber nein«, wies der ehrwürdige Herr Burckhardt den

Gast höflich zurecht. »Wenn schon, dann fuhren sie in einem eigenen Boot!«

Der Wiener Hofrat Finckengruber war stets ein charmanter Plauderer, aber nun, da er schon lange in Pension war, wurde er etwas vergesslich. Unlängst weilte er bei Frau Regierungsrat Holzapfel zu Gast: »Küss d'Hand, gnä Frau! Wie frisch gnä Frau aussehen! Sie werden immer jünger, gnä Frau. Und wie geht's dem Herrn Gemahl ...?« Im selben Augenblick durchzuckte es den Plauderer: Der Regierungsrat Holzapfel war schon vor ein paar Jahren gestorben! Doch noch war nicht alles verloren. Gleichmütig fuhr der alte Hofrat fort: » ... immer noch am gleichen Friedhof?«

Als es mit Franz Beckenbauer zu Ende ging, kam auch Uli Hoeneß an sein Sterbelager. Gemeinsam erinnerten sie sich, wie sie für den Neubau des FC-Bayern-Stadions die Allianz-Versicherung als Geldgeber gewannen: Das Gespräch mit den Geschäftsleuten hatte schon zwei Stunden gedauert und schien kein Ende nehmen zu wollen, als Beckenbauer plötzlich in die Runde fragte: »Darf ich auch mal was sagen?« Und dann sagte der Kaiser, der als junger Spund eine Ausbildung bei der Allianz angefangen hatte, bevor es ihn in die große weite Fußballwelt zog: »Sie alle können froh sein, dass ich als Lehrling bei der Allianz aufgehört habe. Sonst wäre ich heute an Ihrer Stelle hier – und Sie nicht!« Kurze Stille. Dann brachen die Granden des Versicherungsunternehmens in Gelächter aus, und das Geschäft kam zustande.

Nachrufe auf Vorrat zu schreiben, ist gängige journalistische Praxis. Als 1986 der Schriftsteller Hans J. Fröhlich starb, lag ein solcher bei der *Frankfurter Allgemeinen* längst bereit. Nur war der Autor des Nachrufs seinerseits bereits gestorben. Literaturchef Marcel Reich-Ranicki wusste Rat: »Wir drucken den Nachruf mit dem Hinweis, ein Porträt des soeben gestorbenen Autors habe sich in Fröhlichs Nachlass gefunden. Wir drucken es als letzten Gruß an beide.«

Ich kann nicht mehr denken!«, stöhnte René Descartes und wusste, was das bedeutete: dass er die schwere fiebrige Lungenentzündung nicht überleben würde. »Ich denke, er wird nicht mehr«, war auch das Urteil, das der Arzt dem königlichen Hof in Stockholm übermittelte; Königin Christiane hatte den Philosophen ein Jahr zuvor, 1649, nach Schweden eingeladen. Am 11. Februar 1650 war es mit Descartes zu Ende. Der Arzt suchte den Puls des Kranken, fand ihn nicht und folgerte: »Also ich denke, er war.«

Frankreich im 17. Jahrhundert. Ein Höfling kolportierte bei Hofe die letzten Gerüchte: »Die einen sagen, Kardinal Mazarin sei tot, die anderen, er sei am Leben. Ich glaube weder das eine noch das andere.«

Als Roms erster Kaiser, Augustus, starb, sagte er zu allen, die sein Bett umstanden: »Klatscht Beifall, Freunde, die Komödie ist zu Ende!«

Mein Nachruf

Wie mein Nachruf aussehen soll, weiß ich nicht. Ich weiß nur, wie er aussehen wird. Er wird aus einer Silbe bestehen. Pappa und Mamma sitzen am abgegessenen Abendbrottisch und vertreiben sich ihre Ehe mit Zeitungslektüre. Da hebt Er plötzlich, durch ein Bild von Dolbin erschreckt, den Kopf und sagt: »Denk mal, der Theobald Tiger ist gestorben!« Und dann wird Sie meinen Nachruf sprechen. Sie sagt:

»Ach –!«

Theobald Tiger

Bis zuletzt bewahrte Karl Valentin seinen Humor. Als er schon im Sterben lag, witzelte er noch: »Das ganze Leben hab ich mich vorm Sterben gefürchtet. Und nun das!«

Alfred de Vigny hatte sein Drama *Chatterton* beendet; am 18. Januar 1835 sollte die Uraufführung stattfinden. Er lud seinen Vater ein, der Premiere beizuwohnen; er selbst weilte während der Aufführung in einer nahen Gastwirtschaft, da er sich vor Aufregung nicht im Theater aufhalten wollte.

Der alte Graf war wenige Tage vor dem großen Ereignis unpässlich geworden, hatte jedoch versprochen, auf alle Fälle zu erscheinen und wie verabredet dem Sohn nach jedem Akt über einen Boten ein Billett zur Bühne zu senden, um darin seinen Eindruck von der Wirkung auf das Publikum mitzuteilen.

Nach dem ersten Akt kam der Diener und gab dem Sohn ein Billett, auf dem stand: »Erster Akt: ausgezeichnet.«

Nach dem zweiten Akt schrieb der alte Graf, die Wirkung habe sich noch gesteigert, und nach dem dritten und letzten enthielt das Billett die Worte: »Ein überwältigender Erfolg. Ich gratuliere Dir und bin stolz auf meinen Sohn.«

Als Alfred de Vigny überglücklich ins Theater eilte und in die Loge stürmte, um seinen Vater zu umarmen, fand er dort lediglich den Diener, der ihm eröffnete, der Graf sei am Nachmittag gestorben, habe ihm aber noch drei nummerierte Umschläge übergeben mit der Weisung, nach jedem Akt einen davon dem Sohn zu überbringen.

Ein Witz

Drei Freunde sterben bei einem Unfall und kommen in den Himmel. Da sie gute Christen waren, fragt Petrus sie: »Wenn du nun im Sarg liegst und die Trauernden sich um ihn versammelt haben, was hoffst du, werden sie über dich sagen?«

Der Erste: »Dass ich ein guter Arzt und Familienvater war.«

Der Zweite: »Dass ich ein großartiger Lehrer war, ein Vorbild für die Jugend.«

Der Dritte: »Ich hoffe, sie sagen: ›Da! Da! Er bewegt sich!‹«

Ein Hering als Nachlass

Der Kölner Kardinal Josef Frings hatte in seinem Testament seinen langjährigen Gefährten, einen Papagei, Papst Johannes Paul II. vermacht. Jeden Morgen, wenn der Kardinal ins Zimmer gekommen war, hatte der Vogel gekrächzt: »Guten Morgen, Eminenz!« Das machte er nun auch, wenn der Papst sein Arbeitszimmer betrat: »Guten Morgen, Eminenz!« Korrekt hätte es aber »Guten Morgen, Eure Heiligkeit« heißen müssen, doch Johannes Paul II. gelang es nicht, dem Papagei die korrekte Anrede beizubringen. Endlich beschloss der Papst, den Papagei durch den Augenschein zu überzeugen, und trat in vollem Ornat mit Mitra, Hirtenstab und Fischerring, begleitet von der prachtvoll gekleideten Schweizer Garde, ins Arbeitszimmer. Der Papagei stutzte, dann schrie er begeistert flatternd: »Kölle Alaaf!«

Der antike griechische Naturphilosoph Anaxagoras genoss in seiner Heimat hohes Ansehen. Als sein letztes Stündlein schlug, fragten ihn die Stadtoberen nach einem letzten Wunsch. Anaxagoras äußerte: »Ich wünsche, dass an meinem Todestag die Kinder, so viel und so lange sie wollen, spielen dürfen.« Und tatsächlich wurde diese Tradition lange Zeit beibehalten.

Einige Jahre nach Goethes Tod besuchte ein Germanistikprofessor die Stätten seines Wirkens. Er kam auch nach Sessenheim im Elsass und traf eine alte Frau, die sich noch erinnern konnte: »Ja, richtig, der Goethe. Ein Student, der mal hier war. Wir dachten alle, er und Riekchen würden ein Paar werden. Aber eines Tages war er auf und davon, und kein Mensch hat je wieder etwas von ihm gehört.«

Die ihrerzeit berühmte Schauspielerin Amalie Haizinger blieb auch nach dem Ende ihrer Bühnenlaufbahn und bis zu ihrem Tod 1884 dem Wiener Burgtheater verbunden. Sie war Goethe noch persönlich begegnet, und jeder neue Kollege wollte natürlich wissen, wie der Dichter auf sie gewirkt habe.

»Der Goethe?«, hob die Haizinger dann die Stimme, ohne sich in ihrer Strickarbeit unterbrechen zu lassen, »ja, ja, das war auch so ein oller Schweinehund!«

1905 beging man auch in Potsdam Schillers 100. Todestag mit Fahnenschmuck, Schulfeiern, Vorträgen, Festvorstellungen im Theater usw. Abends im Kasino fragte ein Gardehauptmann den andern: »Wie heeßt eijentlich der Kerl, den se da feiern?«

»Schiller!«

»Nie jehört. Und die Leute machen ein Jewese, wie wenn 'n preußischer Jeneral bejraben würde.«

Der Schriftsteller, Arzt und Ökonom Heinrich Jung-Stilling, der eine Zeit lang Hofrat war, verlor früh seine geliebte Gattin Selma und wurde mehrere Jahre nach deren Tod Prorektor der Universität Marburg. Dort besuchten ihn alte Jugendfreunde, und er zeigte ihnen die Ruhestätte der Verstorbenen. Ein Totengräber deutete auf ihr Grab und erklärte ehrerbietig: »Hier ruht die selige Frau Hofrätin und nunmehrige Frau Prorektorin Jung.«

Graham Greene hatte einem Verleger einen Beitrag für eine Anthologie britischer Gespenstergeschichten versprochen. Der Ablieferungstermin rückte heran, die drängenden Telegramme häuften sich; Greene musste seine anderen Arbeiten unterbrechen und sich an den Schreibtisch setzen. Tags darauf öffnete der Verleger den Umschlag. Auf einem Blatt Papier stand, fein säuberlich: »Graham Greene: Die kürzeste Gespenstergeschichte der Welt«, und auf dem nächsten: »Neulich traf ich den Earl of Tyne. Er war in Begleitung seiner Witwe.«

Der italienische Komödienschreiber und Schauspieler Angelo Beolco war Liebhaber einer alten Dame, die ihm eine Villa schenkte. Nach ihrem Tod wollte die Erbin dem Autor das Landhaus streitig machen und strengte einen Prozess gegen ihn an. Eines Tages begegnete sie ihm: »Ihr müsst zugeben, dass Ihr das Landhaus billig bekommen habt.«

»Gewiss«, meinte Beolco, »aber ich bin bereit, Euch die Villa zum selben Preis wieder abzulassen.«

Zwei Stunden vor dem Tod des Abbé Ferdinando Galiani sprach der englische General Aston, den Galiani nicht leiden konnte, bei ihm vor. Sterbend trug Galiani seinem Diener auf: »Melde der Exzellenz, dass ich ihn leider nicht empfangen kann, da mein Wagen wartet. Sobald ich angelangt bin, werde ich ihn ihm zurückschicken.«

Ein gewisser Herr O. vermachte in seinem Testamente dem Totengräber seine ganze Verlassenschaft; »denn«, sagte er, »ich trenne mich sehr ungern davon, und auf diese Art bleibt das Ganze doch am ersten in meiner Nähe.«

Der Garten des Momus, 1823

Roda Roda sah einem verspäteten Bruder seines Vaters sehr ähnlich. Dieser Onkel starb früh; Roda Roda ordnete dessen posthume Angelegenheiten und kam zuletzt zu dessen Arzt, Professor Neuschloss. Der blickte von einem Buch auf, öffnete weit die Augen und begrüßte Roda Roda, herzlich erfreut: »Ah, sieh da! Mein lieber verstorbener Gutsverwalter Roda!«

Nach Roda Roda

Als sich Franz Schubert noch als junger Musiker Geld durch Klavierunterricht verdiente, wurde er von einem Freund zu einem Spaziergang abgeholt. Während sie aus der Haustür traten, sagte Schubert: »Wenn ich tot bin, wird an diesem Haus eine Tafel angebracht werden!«

»Na, so berühmt bist du doch nicht«, versetzte der Freund. »Was kann schon auf der Tafel stehen?«

Schubert lächelte matt: »Auf der Tafel wird stehen: Zimmer zu vermieten«.

1819 gewahrte ein Reisender an einer Apotheke zu Boston ein Schild mit folgender Aufschrift von der Hand des Besitzers: »Abwesend zum Begräbnis meiner Frau. Bin in einer halben Stunde zurück.«

Demoiselle du Thé hatte einen ihrer Liebhaber eingebüßt, und die Sache machte Aufsehn. Ein Bekannter von ihr, der sie besuchte, fand sie die Harfe spielend und sagte voll Erstaunen: »Mein Gott, ich dachte, sie in Verzweiflung zu finden?« – »Ha!«, erwiderte sie in einem pathetischen Tone: »Gestern hätten Sie mich seh'n sollen!«

Anekdotenalmanach, 1808

Kaiser Franz von Österreich war nicht eben für seine Herrscherkünste berühmt gewesen. Trotzdem wollten ihm die Wiener Stadtväter ein Denkmal setzen. Ein Platz war bald gefunden, doch der Boden war so ungeeignet, dass bereits das Fundament zusammenbrach. »Ja, ja, es gibt eben keinen Grund für das Denkmal«, witzelte der Volksmund.

Franz Grillparzer stand schon in hohem Alter, als der Wiener Stadtrat beschloss, dem lange Zeit verkannten Dichter ein Denkmal zu errichten: Ein Reiterstandbild, obwohl sich Grillparzer weder als Bühnenautor noch in seinem Brotberuf als Kanzleidirektor durch Reitkünste hervorgetan hatte. Auch sonst war der Dichter dagegen: »Das lange Warten auf den Ruhm hat mich so müde gemacht, dass man mich besser in einem Sessel sitzend darstellen sollte!«

Der Philosoph Kuno Fischer hatte am Begräbnis eines Kollegen teilgenommen. »Entsetzlich, entsetzlich«, murmelte er. Ein Trauergast kam auf Fischer zu und meinte, der Verstorbene habe doch ein gutes Leben gehabt und ein hohes Alter erreicht; er könne Fischers Fassungslosigkeit nicht verstehen. Doch Fischer hatte sich nicht auf das Begräbnis bezogen, sondern auf die banale Rede, die der Rektor der Universität zuvor gehalten hatte: »Wenn ich mir vorstelle, dass nach meinem Tod ein solches Schaf an meinem Sarge blöken und sich erdreisten wird, mich zu duzen – entsetzlich, entsetzlich!«

Im antiken Griechenland: Man fragte einen Thessalier, welche die verträglichsten unter seinen Landsleuten seien. Seine Antwort: »Die Verstorbenen.«

Der preußische König Friedrich Wilhelm III. hing sehr an seiner Frau und besuchte nach ihrem Tod oft ihr Grab. Auf diesem Weg begegnete ihm die Frau Durire, ein bekanntes Berliner Original. »Ach Jott, Majestäteken«, seufzte sie verständnisvoll, »is det schlimm vor Ihnen; een Witwer mit sieben Kindern, wer nimmt'n den schon jerne?«

In Nr. 223 der *Leipziger Zeitung*, vom 14. November 1815, wird der Tod eines im Königreich Sachsen angestellt gewesenen Staatdieners angezeigt, nämlich eines »Königl. Sächsischen General-Accise-Obereinnehmers, ältesten Bürgermeisters, Kirchen- und Schulinspektors, Dorf- und Mühlenverwalters wie auch Steuereinnehmers.« Kotzebue in seinem Lustspiele *Die deutschen Kleinstädter* muss mit allen seinen erfundenen Titeln gegen diesen weit zurückstehen.

Anekdotenalmanach, 1817

Der Satiriker und Polemiker Karl Kraus war ein kompromissloser Mann. An allem hatte er etwas auszusetzen. Als Alfred Polgar von Kraus' Tod hörte, bemerkte er: »Der Ärmste! Er ist jetzt im Himmel – aber Gott wird ihm nicht gefallen.«

Sein Leben lang ängstigte sich Karl Kraus vor dem Straßenverkehr. Er starb, nachdem ihn nachts ein Radfahrer umgestoßen hatte. Freund und Feind zeigten sich erschüttert. »Ein Mensch, der davon gelebt hat, die anderen umzubringen, kann doch nicht tot sein«, sagte Egon Friedell in Anspielung auf die berühmt gewordene Überschrift einer

Kraus-Polemik »Was wir umbringen«, und selbst Anton Kuh, den Kraus als »Affen Zarathustras« verspottet hatte, meinte: »Wenn einem so ein Feind wegstirbt, da geht ein Freund dahin!«

Der Theologe Karl Barth wurde von einer Dame nach dem ewigen Leben gefragt: »Herr Professor, ist es ganz sicher, dass wir im Himmel alle unsere Lieben wiedersehen?« Barth sah die Dame scharf an und sagte dann langsam und mit Nachdruck: »Ja – aber die anderen auch.«

Bald nach dem Tod des Theologieprofessors Barth erzählte man sich folgenden Witz: Barth ist gestorben und klopft an die Himmelstür. Petrus heißt ihn willkommen, und um der Ordnung zu genügen, stellt er ihm die üblichen Fragen nach seinem Glauben und seinem Leben. Aber der Theologe greift sie energisch auf, stellt Gegenfragen und beginnt einen Disput. Da Petrus keine Zeit hat, bittet er den Erzengel Michael, den Ankömmling doch gleich zum Heiligen Geist zu führen. Es dauert lange. Petrus hört hinter der Wolke ein immer heftiger und lauter werdendes Gespräch. Plötzlich stürzt der Erzengel Michael hervor und wankt verstört ins Freie. »Was ist?«, fragt Petrus erschrocken. »Der Professor ist doch nicht durchgefallen?«

»Nein«, stammelt der Erzengel, »er nicht – aber der Heilige Geist.«

Ein Engländer lobte einst gegen einen Ausländer Miltons *Verlorenes Paradies* als eines der vorzüglichsten Gedichte seiner Nation und schloss mit den Worten: »und seine Beschreibung von der Hölle ist himmlisch.«

Anekdotenalmanach, 1817

Claire Goll hatte erreicht, dass ihr Mann Yvan auf dem Pariser Prominentenfriedhof Père Lachaise beigesetzt wurde. Die Schwierigkeit war nicht, dass jemand Yvan Goll für unwürdig gehalten hätte, sondern das von Claire Goll bestellte eigenwillige Grabmal: ein steinernes Liebespaar von starker erotischer Ausstrahlung. Befriedigt berichtete die Witwe von ihrem endgültigen Sieg über Prüderie und Vorurteile und schloss: »Jetzt muss ich nur noch ein Gitter um das Grabmal machen lassen. Denn stellen Sie sich vor: die Leute, die da auf dem Père Lachaise umherwandern, wenn die müde werden ... die kommen einfach und setzen sich auf uns!«

H. P. Lovecraft, einer der Urväter der amerikanischen Horrorliteratur, hatte testamentarisch verfügt, dass sein Kopf vom Rumpf getrennt und seinen beiden Tanten vermacht werde, bei denen er zuletzt gewohnt hatte. Ein Freund erwies dem Dichter diesen makabren letzten Dienst. Er musste sich danach einen guten Schluck in einer Bar genehmigen, wobei Freunde Gesellschaft leisteten, während der abgetrennte Kopf in einem großen Zeitungsbogen verpackt auf dem Tisch ruhte. War es ein Luftzug, war es der papierene Protest der Zeitung? Auf einmal ging die Verpackung auf, klappte knisternd und raschelnd zur Seite, und H. P. Lovecraft starrte auf die bechernde Runde …

Ich vermache,« so stand in dem Testamente eines geizigen Irländers, mit Namen Tolam: »meiner Schwägerin vier Paar alte Strümpfe, die man rechter Hand unter meinem Bette finden wird; meinem Neffen Torles zwei andere Paar alte Strümpfe, dem Lieutenant John Stein einen blauen Strumpf und meinen roten Mantel; meiner Nichte eine alte Schachtel mit einer Tasche von roten Flanell; Hannach, meinem Bedienten, meinen zerbrochenen Wasserkrug.«

Bei Vorlesung dieses Testaments, wo die Erben versammelt waren, rief Hannach ärgerlich aus: »Ich schere mich den Henker um mein Legat!«, und stieß den Krug mit dem Fuße von sich. Er zerbrach in mehrere Scherben und es rollten viele Goldstücke umher. Nun nahm Hannach sein Wort durch die Tat zurück und setzte sich in den Besitz seiner Erbschaft. Die andern Erben taten dies ebenfalls mit großer Eilfertigkeit, und in den alten Lumpen fand jeder eine beträchtliche Summe Geldes, die der Geizhals darin verborgen gehabt hatte.

Anekdotenalmanach, 1817

Der Komponist Max Reger hatte sich eine Sammlung skurriler Reliquien zugelegt. Zu einer Totenmaske von Richard Wagner, die angeblich ein Unikat war, gesellten sich ein Holzsplitter vom Sarg Beethovens, eine Strähne Goethes und manches andere mehr. Bei einer Abendtafel des

Großherzogs von Hessen-Darmstadt zählte Reger der Großherzogin stolz seine Schätze auf. »Ist das alles?«, fragte sie wenig beeindruckt von oben herab. »Ich vergaß das Beste, Durchlaucht«, fügte Reger hinzu. »Mein kostbarster Schatz ist ein Loch von Mozarts Zauberflöte!«

Ich habe dich nicht vergessen«, sagte der Lord ***, ein Sonderling, auf seinem Sterbebette zu einem Bedienten, der viele Jahre bei ihm gedient hatte: »Ich werde dir etwas vermachen, damit du noch nach meinem Tode auf dein Wohlsein trinken kannst. Du wirst es in dem alten Eckschranke hier im Zimmer finden, den ich dir zugleich schenke.«

Der Bediente dankte mit tränenden Augen und erwartete ein ansehnliches Geschenk an Gelde für seine langen und treuen Dienste.

Als der Lord tot war, hatte er nichts eiliger zu tun, als den Schrank zu öffnen; er fand darin – einen Hering.

Anekdotenalmanach, 1817

Schleiermacher, noch als Pastor in Ostpreußen, wiederholte im Konfirmationsunterricht die Lehre von den letzten Dingen. Auf die Frage »Wer kommt in die Hölle?« antwortete ein Konfirmand: »In die Hölle kommen die Menschen, die von Gott nichts wissen wollen.«

»Und wer kommt ins Fegefeuer?« »Ins Fegefeuer kommen die besseren Leute!«

Niccolò Machiavelli starb 1527. Kurz vor seinem Ende bemerkte er noch: »Ich wünsche, in die Hölle zu kommen und nicht in den Himmel. In der Hölle werde ich die Gesellschaft von Helden, Königen und Philosophen genießen, während im Himmel nur Bettler, Mönche und Apostel sind.«

Der Chemiker Robert Wilhelm Bunsen wurde oft mit dem Theologen Josias Bunsen verwechselt, der am Hof des preußischen Königs Friedrich Wilhelm IV. eine große Rolle gespielt hatte. Bei einem Festessen fragte ihn ein ahnungsloser Nachbar: »Weshalb haben Sie eigentlich Ihr Bibelwerk nie vollendet?« Bunsens Antwort: »Mein allzu früher Tod hat mich daran gehindert – und dann bin ich als Chemiker wieder auferstanden.«

Bunsen hielt nichts von der Unsterblichkeit der Seele. »Dann müssten auch alle Hunde und Katzen unsterblich sein; der Unterschied zwischen ihnen und dem Menschen ist gar nicht so groß. Indessen«, fügte er nach kurzem Nachdenken hinzu, »wer weiß! Es gibt in der Natur so viel tolles Zeug, dass am Ende auch dies möglich wäre.«

Eine begüterte Frau hinterließ folgendes Testament:

»In Rücksicht, dass mein Hund, Azor, mir eine besondere Zuneigung und Treue bewiesen, setze ich ihn zu meinem Universalerben ein, und soll zu seinem Besten mein Nachlass von den Herren M … und P *** verwaltet werden. Ich habe alle Ursache, mich über die Menschen zu beklagen; sie sind weder physisch noch moralisch viel wert. Meine Liebhaber haben mich betrogen und meine Liebe mit Untreue gelohnet. Meine Freunde waren eigennützig und falsch. Von allen Wesen, die um mich waren, ist nur mein Hund sich stets gleich geblieben. Ich will daher, dass ihm mein Vermögen zugute komme, und dass diejenigen den Niesbrauch desselben haben sollen, die ihn gehörig verpflegen und gut behandeln.«

Anekdotenalmanach, 1817

Eine englische Zeitung meldete den Tod eines Geistlichen: »Pastor Samuel Smith hat heute die Erde verlassen, um gen Himmel zu fahren.« Darauf erhielt das Blatt spät in der Nacht eine Eildepesche: »Pastor Smith noch immer nicht eingetroffen. Bin äußerst beunruhigt. Petrus«.

Ein Journalist fragte den greisen George Bernard Shaw nach seinen Wünschen, wenn denn einmal das Unabänderliche eingetreten sei. Shaw: »Das Klima ist im Himmel sicherlich angenehmer, die Gesellschaft in der Hölle ist aber bestimmt interessanter.«

Der geniale Dramatiker Christian Dietrich Grabbe wollte mit seinen Werken alles Dagewesene übertrumpfen. So kam es, dass ihn beim Lesen seiner Dramen die Begeisterung über seine überlebensgroßen Helden gerne fort riss zu wilder Selbstherrlichkeit.

»Wenn der in den Himmel kommt«, sagte sein Schriftstellerkollege Karl Immermann einmal, nachdem er Grabbe so erlebt hatte, »darf sich der liebe Gott nie von seinem Thron erheben.«

»Und warum nicht?«, fragte jemand.

»Weil sich dann Grabbe draufsetzt!«

Von seinem Testamentsvollstrecker befragt, wo er beigesetzt zu werden wünsche, entschied Arthur Schopenhauer: »Auf den Ort kommt es nicht an. Die Nachwelt wird mich schon finden.«

Preußenkönig Friedrich II. bekam eine Akte vorgelegt, in der es um die Amtsenthebung eines Pfarrers ging. Diesem wurde Freigeisterei vorgeworfen; insbesondere habe er geäußert, dass er aus Vernunftgründen nicht an die Auferstehung der Toten am Jüngsten Tage glaube. Der König wies die Eingabe ab: »Ist seine Sache! Wenn Er nicht auferstehen will, so soll Er am Jüngsten Tage liegen bleiben!«

Victor Hugo, seiner eigenen Meinung zufolge der größte Schriftsteller Frankreichs, spazierte mit geistesabwesender Miene durch seinen Garten, als ihn ein Journalist besuchte. »Gewiss grübeln Sie über ein neues Werk, Meister?«, fragte der Mann. »Keineswegs«, beschied ihn Hugo abschlägig. »Ich habe gerade überlegt, wie ich Gott anreden soll, wenn ich dereinst vor ihm stehen werde …«

»Sagen Sie doch einfach: Herr Kollege!«, empfahl ihm da der Besucher.

Benjamin Franklin, der als Buchdrucker anfing und später ein berühmter Naturforscher, Schriftsteller, Politiker und Diplomat wurde, verfasste für sich folgende Grabinschrift:

Der Körper
Benjamin Franklins, eines Druckers,
liegt hier gleich einem alten Buch,
dessen Blätter zerrissen,
dessen Titel und Vergoldung verblasst sind,
den Würmern zur Speise.
Das Werk selbst soll aber nicht verloren gehen,
sondern – so hofft er – noch einmal erscheinen
in einer neuen, schönen Ausgabe
verbessert
vom Verfasser

Zwei Landstreicher zogen über den Frankfurter Friedhof, auf dem die Patrizierfamilien ihre Grabstätten hatten. Besonders pompös: das Mausoleum der Frankfurter Rothschilds. Unter einem kupfernen Kuppeldach standen im Kreis Marmorsäulen, die Grabplatten waren aus schwarzem Marmor, das Ganze war in üppigen Blütenschmuck getaucht, und ringsum führte ein hohes vergoldetes Gitter mit einem schmiedeeisernen Tor von auserlesener Schönheit.

Schweigend blieben die beiden Tippelbrüder vor dieser Pracht stehen, bis einer zum anderen sagte: »Jaja, die Leute leben!«

Albert Rothschild, Spross des Wiener Zweigs der berühmten Bankiersfamilie, war gestorben und wurde mit fürstlichem Prunk zu Grabe getragen. Ganz hinten, am Ende des Trauerzuges, folgte ein sichtlich armer Mann und weinte jämmerlich. Einer der Trauergäste fragte ihn: »War der Herr Baron Ihr Verwandter?«

»Nein, nein«, schluchzte der Arme, »deshalb weine ich doch!«

Als Arthur Conan Doyle in den Himmel kam, begrüßte ihn Petrus mit den Worten: »Mister Doyle, wir haben hier oben einen mysteriösen Fall, bei dessen Aufklärung Sie, der Erfinder von Sherlock Holmes, uns helfen können. Adam und Eva scheinen verschwunden zu sein! Seit mehreren Jahrtausenden hat keiner sie auffinden und identifizieren können. Wenn Sie vielleicht …« Der berühmte Autor steckte seine Pfeife an. Dann ging er mit langen Schritten auf die umherstehenden Neugierigen zu und holte zwei völlig verdutzte Engel aus der hintersten Reihe. »Hier sind sie«, sagte er kurz. Adam und Eva gaben daraufhin ihre Identität bereitwillig zu. »Wir waren es müde, von jedem neuen Engel angestarrt und um Autogramme gebeten zu werden. Darum legten wir uns neben dieser simplen Verkleidung andere Namen zu, wodurch wir ungestört bleiben konnten, bis dieser Kerl da gekommen ist.«

»Wie haben Sie das gemacht, Mister Doyle?«, fragte Petrus.

»Sehr einfach. Die beiden waren die einzigen ohne Nabel.«

Der Komponist André-Ernest-Modeste Grétry versuchte Voltaire als Librettist für eine Oper zu gewinnen. Er hielt ihm die Aussicht auf großen Reichtum vor Augen und versprach ihm schließlich sogar unfehlbar die Unsterblichkeit. »Unsterblichkeit?«, meinte Voltaire. »Nun, was mich angeht: Eine Oper zu schreiben, das macht mir Magenschmerzen; ich gebe hundert Jahre Unsterblichkeit für eine geregelte Verdauung!«

Als ein alt Weib ein armen Wanderer, der gen Paris auf die hohe Schule ziehen wollt, gefragt hätt, wohin die Reis ginget, und er »Nach Paris!« geantwort hätt, verstunde sie »Paradies« und saget ihm, wie ihr Mann, der vor etlichen Tagen gestorben war, auch dahin gezogen wär; bat ihn auch, daß er ihm Kleider, Geld und etliche Stück mehr überbringen wollt. Der nahme das, was ihm das alte Weiblein geben hätt, und zog sein Straßen; weil er also nun mit mancherlei Lebensnotdurft wohlversehn war, ist ein trefflicher Mann aus ihm worden.

Heinrich Bebel

Zu guter Letzt:
Ein paar Rekorde aus alten Zeiten

Ein sehr rares Exempel in einer gewissen Gegend unseres Sachsen-Landes haben wir allhier anzumerken an einer in 94sten Jahr sel. verstorbenen Witwe, welcher Gott 90 Kinder, Kindes-Kinder, Kindes-Kindes-Kinder und Kindes-Kindes-Kindes-Kinder hat erleben lassen.

Leipziger Allerley, 1760

Auch sollte manchen fast unglaublich vorkommen, dass Peter Schadow, Gerichts-Schultze zu Hohen-Lübichow in der Neumark, den 5. Mai durch den dortigen Prediger Hr. Seidel im 96. Jahre seines Alters eine gesunde Tochter taufen lassen, dabei er sich denn mit seinen Gevattern recht vergnügt bezeuget.

Leipziger Allerley, 1752

Wenn man erfähret, dass Menschen ihr Alter zu hundert und noch mehr Jahren bringen, so ist es bloß als eine Ausnahme in dem gewöhnlichen Alter anzusehen. Man muss auch darbei betrachten, dass lediglich die Gütigkeit des Schöpfers solche Menschen zum Wunder werden lässet. In Mantua, in der Hauptstadt dieses Herzogtums gleichen Namens, ist neulich ein Mann in einem Alter von 104 Jahren verstorben. In seinem 98sten war er noch so beherzt, oder was, sich zu verheiraten. Seine Gesundheit ist fast beständig vollkommen gewesen; ausgenommen zuletzt, da er sich hat müssen führen lassen.

Leipziger Allerley, 1754

Zu Villers im Luxemburgischen, etwa 4 Meilen von Jamer, ist vorigen Monat Hr. Frantz von Baransie in einem Alter von 118 Jahren 6 Monaten und etlichen Tagen verstorben. Ein neuer Beweis, wie hoch es eine feste und dauerhafte Natur durch eine gute Diät in der Welt bringen könne.

Leipziger Allerley, 1752

Zu Dublin ist am 21. Febr. ein lediges Frauenzimmer Devoureux, aus Schottland gebürtig, in dem Witwen-Hospital des Kirchspiels St. Machan in einem Alter von 119 Jahren verstorben. Sie hat [...] nichts von denen Beschwerlichkeiten gewusst, welche sonst ein so ungemein hohes Alter zu drucken pflegen, vielmehr hat sie ihr Gesichte, gutes Mundwerk und starken Appetit zum Essen beständig behalten, nur dass ihr zuletzt das Gehör in etwas abgeleget.

Leipziger Allerley, 1753

So ist auch aus Belfast in Irland wiederum ein Exempel zweier Personen, die zu einem außerordentlichen hohen Alter gelanget sind, angeführet worden. Ein Mann, namens Alexander Mekenzie, ist in dem 120sten Jahre seines Alters verstorben und hat seine Ehefrau, durch seinen Tod, im 116sten Jahre, zur Witwe gemacht.

Leipziger Allerley, 1754

Zu Awen in dem Luxemburgischen [wohl Awenne in den Ardennen] ist ein Mann namens Ponce de Plage [...] im 121sten Jahre seines Alters gestorben. Dieser Greis ist bis den letzten Augenblick in dem vollkommenen Besitze der Stärke und Schärfe seiner Augen gewesen, und er hat ohne einiges Vergrößerungsglas die zärteste Nadel einfadmen können. Das Alter hat ihm niemals seine Seelen- und Leibeskräfte geschwächet. Er ist öfters 6 bis 7 Stunden spazieren gegangen. Man fand ihn auf einem Stuhle sitzend und den Kopf auf einen seiner Arme stützend. Seine Urenkel haben vermutet, dass er schliefe, weil er beständig gewohnt gewesen, nach dem Mittagsessen eine halbe Stunde dem Schlafe zu widmen. Die Mäßigkeit ist seine Haupttugend gewesen, daher er niemals des Gebrauchs der Arzenei nötig gehabt.

Leipziger Allerley, 1760

In dem eine Meile von Freystadt in dem Oberschlesischen Tessenschen Fürstentume gelegenen und zu denen Gräflichen Taffelischen Herrschaften gehörigen Dorfe Lenckau ist den 25. Jan. Andreas Schmidt im 124. Jahre seines Alters verstorben. Dieser war Ao. 1629 geboren, hatte sich schon vor 101 Jahren verheiratet und in der ersten Ehe an die 50 Jahre gelebet, auch in solchem Ehestande 10 Kinder erzeuget [...]. Als ein Mann von etlichen 70 Jahren heiratete er zum andern Male und zeugete mit dieser noch lebenden Frau wiederum 4 Kinder, welche nebst etlichen andern erster Ehe noch am Leben. Er war ein kleiner hagerer Mann, schönen roten und feinen Gesichtes, also dass ihm die Gesundheit recht zu denen Augen heraussahe, war lustigen Gemüts und immer wohl aufgeräumt, hat auch nur noch vor 2 Jahren seinen Dorf-Tantz gleich einem 20-jährigen Manne mitgemacht. Die ganze Zeit seines Lebens über hat er niemals in einer eingeheizten Stube geschlafen, sondern auch sogar im härtesten Winter bis in sein spätestes Alter in einer kalten Kammer gelegen und alle Tage sein Pfeifgen Taback gerauchet, auch das Lob davongetragen, dass er ein sehr arbeitsamer Mann, sonderlich in seinen jungen Jahren gewesen ist.

Leipziger Allerley, 1753

Endlich müssen wir noch eines seltenen alten Mannes in der Schweiz gedencken. George Kirstens ist in dem Kanton Bern im Monat Julis 130 Jahr alt gestorben. Er war immer noch aktiv und nach seiner Art der beste Handarbeiter an seinem Ort geblieben. Als er aber vor kurtzen die 5te Frau, ein reizend Mädgen von 80 Jahren genommen und ihr zutrauete, dass sich wegen ihrer Jugend andere zu ihr fänden, ist er vor Eifersucht in eine Krankheit verfallen, welche ihm den Tod befördert.

Leipziger Allerley, 1752

Zu dieser Ausgabe

Textgrundlage der nach Vorlagen von Susann Winkler formulierten Anekdoten ist:

Susann Winkler: »Moment Schwester, das Abführmittel wirkt gerade«. Offen, unzensiert und heiter – Anekdoten aus dem Pflegeheim. Hannover: Schlütersche Fachmedien, 2022. S. 9–12, S. 59–62, S. 100–103, S. 104 f. [Die Anekdoten wurden gekürzt und dementsprechend in abgewandelter Form wiedergegeben.]

Literaturverzeichnis

Albrecht, Günter (Hrsg.): Deutsche Schwänke in einem Band. Weimar 1961.

Bahrdt, Carl Friedrich: Historische Tausend und Eine Nacht. In Anekdoten und Charakterzügen großer Männer. Erster Theil. Stuttgart 1839.

Berliner Witze. Hefte 1–11. Berlin 1837–1842.

Bremond, Bernhard: Witzebuch für Senioren. Vorsicht freilaufender Rentner. [o. O.] 2022.

Das Leipziger Allerley der neuesten und merckwürdigsten Begebenheiten dieser Zeiten. 14 Bde. Leipzig 1750–1764.

Ein Sack voll Witz, Spaß und Ernst, für Leser von Geschmack zur Beförderung der Verdauung und für Hypochondristen bey übler Laune zur Erschütterung ihres Zwerchfells. Frankfurt a. M. / Leipzig 1789.

Fehse, Willi: Blühender Lorbeer. Ein Dichter-Spiegel in Anekdoten. Stuttgart 1958.

Fischer, Hans W. (Hrsg.): Lachende Heimat. 888 gute Schwänke / Histörchen / Anekdoten […] zusammengetragen und erzählt von Mitgliedern der Deutschen Buch-Gemeinschaft. Gesichtet, geordnet, einleitet von H. W. F. Berlin 1933.

Fleischer (Hrsg.): Anecdoten Encyclopedie. Leipzig 1789.

Froehlich, Johann: Johann Froelichs lustig und angenehmer Zeitvertreib. Eine Auswahl komischer Anekdoten, witziger Einfälle, edler oder unedler Thaten, kurzer Geschichten und lächerlicher Begebenheiten. Augsburg 1811.

Fuchsmundus der Jüngere (Hrsg.): Der Wiener Spaßmacher oder Heiterkeit in allen Gestalten. Eine gewählte Sammlung von pikanten Anecdoten, humoristischen Einfällen, lustigen Erzählungen und komischen Aufsätzen aller Art, größtenteils Original. Gedichtet, gesammelt und hrsg. von F. d. J. Wien 1847.

Fuld, Werner: Als Rilke noch die Polka tanzte. Neue unwahre Anekdoten über das Leben, die Liebe und die Kunst. München 1995.

Gauger, Hans-Martin: Na also, sprach Zarathustra. Neue Sprachwitze. München 2014.

Golluch, Norbert (Hrsg.): Noch mehr fiese Witze aus dem Internet. Gesammelt von N. G. Frankfurt a. M. 1998.
Görtz, Franz Josef: »Fabelhaft! Aber falsch!« Marcel Reich-Ranicki in Anekdoten. Köln 2010.
Greve, Uwe: Wenn ein Goethedenkmal durch die Bäume schillert. Anekdotisches und Denkwürdiges aus der Welt der Bücher und Schriftsteller. Husum 1998.
Grimm, Jacob / Grimm, Wilhelm (Hrsg.): Kinder- und Hausmärchen gesammelt durch die Brüder Grimm. Zweiter Teil. Frankfurt a. M. 1981.
Halter, Hans: Ich habe meine Sache hier getan. Leben und letzte Worte berühmter Frauen und Männer. Berlin 2007.
Häuser, Johann Ernst: Der musikalische Gesellschafter. Eine Sammlung vorzüglicher Anekdoten, Miscellen und lustiger Geschichten über die berühmtesten Tonkünstler alter und neuerer Zeit oder über Musik im Allgemeinen. Meißen 1830.
Hebel, Johann Peter: Schatzkästlein des Rheinischen Hausfreundes. Tübingen 1811.
Heinold, Ehrhardt: Witze aus Sachsen. Husum 1982.
Hesse, Christian: Was Einstein seinem Papagei erzählte. Die besten Witze aus der Wissenschaft. München 2013.
Hessing, Jakob: Der jiddische Witz. Eine vergnügliche Geschichte. München 2020.
Homunculus [d. i. Sigismund von Radecki] (Hrsg.): Die Rose und der Ziegelstein. Anekdoten aus aller Welt. Berlin 1938.
Hoyau, Georges: Hohes Haus. Politik in Anekdoten. München 1978.
Kalinski, Kalle: Die besten Rentnerwitze. Goldene Jahre, goldene Pointen: Das ultimative Witzbuch für Rentner und Senioren. [o. O.] [o. J.]
Kauder, Peter (Hrsg.): Hegel beim Billard. Die besten Anekdoten über große Denker. Gesammelt und hrsg. von P. K. München 2000.
Klatzmann, Joseph: Jüdischer Witz und Humor. Übersetzt von Thomas Schultz. München 2011.
Kleist, Heinrich von: Sämtliche Werke und Briefe. Hrsg. von Helmut Sembdner. Bd 3. München 1982.

Klingelhuber, Justus (Hrsg.): Rentnerwitze. München 10 2023.
Krämer, Georg von (Hrsg.): Neueste Bibliothek der Unterhaltung. Eine Sammlung der interessantesten Novellen, Erzählungen, […] Anekdoten s. c. der berühmtesten Dichter des In- und Auslandes. Augsburg 1831.
Krems, Eva-Bettina: Der Fleck auf der Venus. 500 Künstleranekdoten von Apelles bis Picasso. München 2003.
L., N. (Hrsg.): Der Kurtzweilige Hanß-Wurst von Frölichshausen; Oder Über fünffhundert auserlesene, rare, kurtzweilige, possier- und lächerliche Historien. Allen Melancholicis, Grillenfängern und lustigen Leuten zu sonderbarer Zeitvertreibung zusammen gelesen und ans Licht gegeben von N. L. [o. O.] 1712.
Lacombe de Prézel, Honoré: Anecdoten oder Sammlung kleiner Begebenheiten und witziger Einfälle nach alphabetischer Ordnung. Leipzig 1767.
Landmann, Salcia (Hrsg.): Jüdische Witze. Ausgewählt und eingeleitet von S. L. Olten 1962.
Liebig, Felix: Rentner-Witze. Die große Witzesammlung für Senioren. [o. O.] 2019.
Meyerowitz, Jan: Der echte jüdische Witz. Berlin 1997.
Moszkowski, Alexander: Die unsterbliche Kiste. 399 Juwelen echt gefaßt von A. M. Berlin 1911.
Müchler, Karl (Hrsg.): Anekdotenalmanach auf das Jahr 1808. Berlin [o. J.]
Müchler, Karl (Hrsg.): Anekdotenalmanach auf das Jahr 1810. Berlin [o. J.]
Müchler, Karl (Hrsg.): Anekdotenlexikon für Leser von Geschmack. 2 Bde. Berlin 1817.
Müller, André: Über das Unglück, geistreich zu sein oder 450 Anekdoten über Philosophen, Künstler, Päpste und Politiker. Berlin 3 2012.
Nimmerrichter, Richard (Hrsg.): Der Witz der Wiener. Gesammelt und aufgezeichnet von R. N. München 1970.
Pacher, Maurus (Hrsg.): Harenberg Anekdoten Lexikon. 3868 pointierte Kurzgeschichten über mehr als 1150 Persönlichkeiten aus Politik, Kultur und Gesellschaft. Aufgeschrieben von M. P. Dortmund 2000.

Puntila, Max [d. i. Michael Schulte]: Die Äpfel des Pegasus. Anekdoten von Literaten und anderen Genies. München 1972.
Rajowar, Ausor: Masses und Chochmes. Jüdischer Humor. Zürich 1959.
Reimann, Hans: Der Spaßvogel. Berlin 1940.
Rentner-Witze. Fränkisch-Crumbach 2013.
Rentner-Witze. Fränkisch-Crumbach 2021.
Rheden, Philibert (Hrsg.): Der Garten des Momus den Freunden der Geselligkeit geöffnet. Eine Auswahl vorzüglich gewählter Anekdoten, drolliger Schnurren, Denksprüche, Epigramme u. s. w. Frankfurt a. M. 1823.
Ringenkuhl, E.: 666 Anekdoten. Freiburg i. Br. 1960.
Roda Roda: Roda Roda's Geschichten. Ausgewählt, illustriert und mit einem Vorwort versehen von Gregor von Rezzori. Hamburg 1956.
Roda Roda: Baltische Anekdoten. In: Uhu 3 (1927) H. 7.
Rüeger, Max (Hrsg.): Der Witz der Schweizer. Gesammelt und aufgezeichnet von M. R. München 1971.
Safrin, Horacy: Aj, wie klug war unser Rebbe. Jüdische Witze und Anekdoten. Berlin 1990.
Schäfer, Rudolf (Hrsg.): Anekdoten. Für die Sekundarstufe. Stuttgart 1988.
Schlegel, Gabriel: Neuester theatralischer Nußknacker. Sammlung von Schnacken, Schnurren, Anekdoten und Lächerlichkeiten noch lebender und verstorbener Schauspieler und Schauspielerinnen. Nebst einer Weihe an August von Kotzebue. Allen Mitgliedern und u. Freunden der Schauspielkunst an Herz gelegt. Quedlinburg 1813.
Schramm, Heinz-Eugen (Hrsg.): Der Witz der Schwaben. Gesammelt und aufgezeichnet von H.-E. S. München 1971.
Schreiber, Hermann: Die allerletzten 100 Jahre. Literatur in Anekdoten. München 1975.
Schumann, Werner (Hrsg.): Der Witz der Niedersachsen. Gesammelt und aufgezeichnet von W. S. München 1970.
Schweizer, Frank (Hrsg.): Nur einer hat mich verstanden … Philosophenanekdoten. Ausgewählt und aufgezeichnet von F. S. Stuttgart 2006.

Schweizer, Frank (Hrsg.): Ich stelle fest, ich bin einzig. Die Großen der Geschichte in Anekdoten. Ausgewählt und aufgezeichnet von F. S. Stuttgart 2007.

Sela, Uri / Har-Gil, Shraga (Hrsg.): Auserwählt und trotzdem heiter. Witze aus Israel. München 1970.

Tecklenburgs Heimatkalender. Ein Jahrbuch für das niedersächsische Bergland 32 (1941).

Tucholsky, Kurt: Gesammelte Werke in zehn Bänden, Hrsg. von Mary Gerold-Tucholsky und Fritz J. Raddatz. Reinbek bei Hamburg 1975.

Twaroch, Johannes: Literatur in Anekdoten. Wiener Neustadt [o. J.]

Weis, Hans (Hrsg.): Die Laterne des Diogenes. Anekdoten aus dem Altertum. Gesammelt und bearbeitet von H. W. München 1941.

Wie nennt man Menschen, die auch montags gute Laune haben? Rentner. Rentner-Witze. Hamburg [8]2024.

Winkler, Susann: »Moment Schwester, das Abführmittel wirkt gerade«. Offen, unzensiert und heiter – Anekdoten aus dem Pflegeheim. Hannover 2022.

Zincgref, Julius Wilhelm: Der Teutschen Scharpfsinnige kluge Spruch. Straßburg 1626.

Zincgref, Julius Wilhelm / Weidner, Johann Leonhard (Hrsg.): Teutscher Nation Apophthegmatum. Fünffter Theil. Frankfurt a. M. / Leipzig 1683.

Personenregister